手塚治虫

SF・小説の玉手箱

第1巻

ハレー伝説

樹立社大活字の〈杜〉

ハレー伝説

目次

編集協力——手塚プロダクション
装画・本文カット——手塚治虫
装丁——髙林昭太

ハレー伝説Ⅰ

ハレー一九八六年（仮題）

梗概《こうがい》

一九一〇年。ハレー彗星《すいせい》が近づいた時、世界は新世紀明けの祝宴のムードから、一瞬にして世界戦争の危機をはらむ不安な空気がみなぎっていた。

それだけに彗星の出現は20世紀が戦争に終

始する悪兆などという迷信が全世界にひろまった。そんなおり、豪華客船ルシタニア号は太平洋航海中、漂流する筏《いかだ》の女を救助した。女はまもなく医務室で女の子を出産し、自分は死んだ。ついに身元はわからなかったが、船窓には最大に膨れ上ったハレー彗星が覗き込むように光り、赤児《あかご》を祝福するかのようであった。

漂流筏を見へ(つ)けたのが緑(縁)で、赤児はアメリカの大富豪サットン家へひきとられ、コメットと名づけられて何不自由なく育っていった。

コメットは飛行机《機》狂の叔父《おじ》ロバートに自家用机に乗せて貰《もら》ったのがもとで、空を飛ぶのが好きになり、子供なのにプロ級のパイロットになった。一九二〇年代の不況時代を迎えてサットンが没落したあとは、できたばかりのハリウッドから女優になれとのさそいもあったがことわって、サンフランシスコで貧しさとたたかいながら飛行機の組み立てを続けいた。そんな時、ロシア移民の青年ドミトリーに出あい、彼女ははじめてほのかな恋心をいだいた。彼が革命の為になるかなるロシヤへ帰ると云った時、彼女はできたばかりの自分の飛行機で彼をロシアへ送り届けようと申し出た。

二人はアラスカへ向けて飛立った。何度も墜(墜)落したり故障したりしても、なぜか不思議(議)に無事(事)な(な)のだった。しかし、ベーリング海峡

コクヨ　ケ－60　20×20

を迎える時最大の危難が待ち受けていた。暴（暴）
風雨にまきこまれたのである。
彼女が飛びながら意識不明になったとき、
無限のかなたから声が聞こえた。それは母の
声だった。「ココメットよ。貴女《あなた》は偉大なエロ
ーリアンの申し子です。
エローリアンは肉体のない精気だけの誕生
物で、ハレー彗星《すいせい》と地球人が呼んでいる天体
と共に、七十六年に一度地球を訪《おとず》れて、その
うちの一人が地球人に宿り、人間として生ま

れます。

イエスも、シャカも、そのほかに何人かの聖人も、みんなエローリアンの宿った人人だったのです。

十数年前、私の体に宿って、貴女を生みました。貴女は七十六年生きて、次のハレー彗星が訪れて新しいエローリアンが別の肉体に宿るまで地球を見守ります。

貴女の役目は、人類を救う真の勇者を選択することです。貴女が心から愛する男性を見ワけた時、貴女《あなた》と彼とは人類を、地球を救う力を持つでしょう。それまで貴女の肉体は、今の姿のままで年をとらないでしょう。」

彼女は恍惚状態から覚め、夢中で操縦桿《かん》をにぎり、機体をたてなおした。二人はカムチャツカの北の果に不時着した。

それから半年後、二人はシベリヤ鉄道で同志と共にモスクワへ向っていた。途中で革命軍と合流して政府軍と戦うためである。しかしコメットは、次の駅で彼等を政府軍の部隊が待ちうけているのをテレパシーで知った。彼女はドミトリーにこの列車から一緒に逃げてくれと頼むが、ドミトリーの心にはすでに革命のことしかなかった。彼女は彼を愛せなくなったことをさとった。駅へつき、ドミトリー達は政府軍との激しい銃重(撃)戦になり、列車は大爆発してドミトリーは死に、コメットは投げ出されて気を失った。

一月(年)後、みすぼらしい姿でコメットはちい

173　ケ-60　20×20

さな食堂のウエイトレスをしていた。ドイツのミュンヘンの町である。うちつづく不旱（景）気に誰もがまずしく、不安が世間に充満していた。彼女の食堂にいつもツケで食べに来る画学生が居た。彼は自分をミケランジェロのような天才だと信じていた。彼女は彼と親密になり、何度か彼の下宿にも遊びに行ったが、あまり絵はうまいとはいえなかった。しかし彼の夢を見るような目付や、一風変った幼児性に、コメットは何となくひかれた。というより彼の生活にコメットが必要だったのである。

　しかし彼の気違いじみた行動はとても彼女のついて行けないものだった。　彼はついに刑務所へぶちこまれた。　彼女は食堂のユダヤ人コックとミュンヘンを出てニュールンベルグへ引逃（越）した。

　数年後、ナチスがドイツを制覇《せいは》して第一党となり、国民の支持を受けて首相に選ばれた男ヒットラー。　それがあのまずしい画学生だ

コクヨ　ケ－60　20×20

つたと知った時コメットは驚愕《きょうがく》した。

　コメットはナチス高官に呼ばれ、ヒットラーにひきあわされる。ヒットラーは彼女のことを覚えていて、千年王国の話をし、彼女に身辺に居てくれと頼むが彼女はすでに愛はさめていた。おまけにSSはユダヤ人狩りに、コックの家を襲い、彼女までユダヤ人として連行しようとした。彼女は超能力で逃げ、コックと共にスイスへ向って旅立った。しかしコックが負傷してある村に潜伏せねばならなく

①

なった。

その村に東洋人の少年が居て、バイオリンがうまかった。　コメットが昔覚えた「ポギーとベス」の唄を教えたことから二人は心が通じあっていった。　村はやがて連合軍とドイツ軍の交戦の舞台となり、住民たちはまきぞえを食って死んで行き、　コックとコメットと少年とはフランス人兵士に助けられた。　ヒットラーはやがてベルリンで自殺した。

戦争が終って、　コメットと少年グエンは、

コクヨ　ケ-60　20×20

フランス兵マリウスの家で一緒に住んでいたグエン少年はいつか青年に成長し、バイオリンの天才としてパリ楽壇にデビューした。一方、マリウスはコメットの持っている超能力を利用して麻薬密輸を戦友仲間と計画し、彼女に無理に手伝わせようとする。それまでコメットは命を救われた恩人としてひそかにマリウスを慕っていたが、彼がただ彼女を利用するつもりだったと知って、警察へ証拠物件を届けようとする。マリウスは裏切ったコメットを殺そうとコンサートホールへ彼女を追いつめる。そこではグエンが満員の聴衆を前に演奏をしていた。アンコール曲の「ポギーとベス」をわざとまちがえることでグエンはコメットにマリウスの銃口を教え、マリウスは逮捕された。

二十年たち、グエンは三十二になったが、一緒に暮すコメットを想って、独身をつづけていた。ある日、グエンは自分の国ベトナムのサイゴンへコンサート旅行に向ったまま、行方不明になった。

　一方、コメットは、ながい間あえなかったユダヤ人コックのユージンに出遇《であ》う。ユージンは事業に成功し、大金持になっていた。グエンの行方を心配したコメットのためにユージンはできる限りの援助をしようと申し出た。しかし、おりしもおこったベトナム戦争のために、インドシナは混乱し、グエンの行方はさっぱりわからなかった。

　コメットは「ボギーとベス」の曲を口ずさむたびに、グエンをはげしく愛している自分に気がついた。グエンにあいたい気持はつのって、何度かベトナムへ行こうとしたが、ユージンにひきとめられた。

ユージンは、すでに石油成金《なりきん》として、国際的にも知られる大物になっていた。彼はコメットを父親（母？）のように愛していた。

ついに彼はコメットをベトナムへ送り、グエンの消息をたずねさせるほかないと悟り、アメリカ空軍のパイロット、ジミー・マクリーに彼女を託した。ジミーは彼女をサイゴン

コクヨ ケ-60 20×20

へ送りとどけたが、なんとかメコン川の奥地へふみこもうとする彼女を、ひきとめるのにジミーは汗だくだった。そして、彼女がグエンを深く愛していて、このままでは行ってしまうと思った。

奥地の村にバイオリンの名手のベトコンが居る、という情報がはいり、彼女はサイゴンの司令部をぬけ出して、アメリカ兵とひなん民のごった返す中をメコン川上流へ向う。そこで見たものは、なんの理由もなく殺りくされる多くの人達だった。何か月もかかって目的地へついた時、彼女は心がさいなまれて、ぼろぼろになっていた。グエンは、ベトコンの病院の医師になっており、つい三日ほど前射たれて危篤《きとく》状態になっていた。彼女はグエンに愛をうちあけ、二人で平和な日を待とうという。が、彼は、「ポギーとベス」の唄をききながらこときれた。

コメットはアメリカ西部の、彼女の育った

サットン邸のあった場所へ戻って来た。あと数年で七十六年目がくる。彼女はエヒーリアンの明るさと、ハレー彗星《すいせい》へ戻らねばならぬ。彼女の前にジミー！（マクリー）少佐があらわれ、ベトナムでのアメリカ軍の行為を恥じた。ジミーはベトナム後、NASAの航空宇宙局にはいって、宇宙飛行士としての訓練を受けていた。

イスラエルへ帰ったニュージンが、暗殺されたというニュースがジミーの許に届いた。

コメットは、なぜ人間は意味もないのに殺しあうのか、なぜほかの生きもののように自然のおきてを守って生きないのかとジミーに泣いて訴えた。そして、彼女は自分の運命の話をし、一九八六年には、この地球を去って、ハレー彗星に戻らねばならぬこと、グエンと愛で結ばれていれば、自分にも、地球を救う力が得られたかもわからないと打明けた。アクリーは彼女の超能力を知っていたので彼女の話も信じた。

コクヨ　ケ－60　20×20

一九八六年、アメリカは再びスペースシャトルを打上げた。それに乗って宇宙めざして進むジミー。おどろいたことに、相棒の女性宇宙飛行士だと思っていたのが、いつのまにかコメットにすりかわっていた。

はるか彼方から、美しく尾をひいたハレー彗星《すいせい》が近づく。彼女は、二十一世紀こそ、自分のあとをつぐエピーリアンの申し子が地球に平和をもたらすことをねがいつつ、スペースシャトルから宇宙の果てへ消えていくのだった。

コクヨ　ケ−60　20×20

ハレー伝説Ⅱ

○ハレー彗星《すいせい》

○ネバダの広大な荒野
線路づたいに歩く男へ（ザンビー）
ひやかした線路工夫を殺す
脱獄囚などとがめたパトカーの警官二
人を殺す。
しけた食堂へはいって行ったように食

べる。　新聞にでていた顔を覚えていて
警察に通報する少年。
食堂の人間全滅。　男はいない。

○東京六本木ディスコ
踊るスバルとユミ。
うかがっている安井。
酔って父をけなすスバル。
乱闘。　スバル袋だたき。　しかし反撃(撃)し
て相手を叩き伏せる。

コクヨ　ケ－60　20×20

○品川警察の留置場
調書をとられているスバル、父の名をいう、
父、スバルを引きとりにくる。
スバルと父ロバート、帰路の車の中で会話、スバルは父が偽善者だとののしる。

○高校の教室
ロバートが平和について講義。
戦争の悲惨さについて。

ロバートの心にベトナムのイメージがぽかぶ。絶句。

○温水プール。
スバルとユミ泳ぎながらキス

○鹿馬邸。
ユミの車にスバルとユミ。　ユミ自宅でおりる。　スバルを車で送ろうとさせ、　スバルは断って歩いて帰っていく。

コクヨ　ケ−60　20×20

邸の中へはいるユミ。書斎で父が待って
いる。ユミに、貧乏で無力なスバルの家《家》
とは縁を切れと説教。ユミはきかずに寝
る。虎馬、安井にスバルに徹底的なおど
しをかけてユミと別れさせろと命令。

○スバルの家・玄関
父を無視してはいろうとするスバル、
父が猟銃でなにかを眼《狙》っているのに気
づく。小鳥の巣をねらっているへびを

撃つ、ヘビの尻尾にあたる。

スバル、父を下手だとあざける。ロベ

ートはヘビも生き物だから殺せないと

答える。

○ロバートの書斎。

スバル、父を臆病者とばかにする。

ベトナムへ筑波《つくば》学園視察団として行く

と告げる。一九一〇年にハレー彗星《すいせい》接

近のとき、十月十八日に落下したテク

タイトの調査でクンチャイ村へ行くと

コクヨ　ケー60　20×20

いう。それを聞いてクンチャイ村には二十三年前行ったことがあるという。

もしそこへ行ったら、ラミーナという女の消息を聞いてくれ。

スバルは、その女が父の彼女かときく

父はアメリカ人であった彼の人生をかえた娘だと答え、話し始める。

○クンチャイ村。

ナパーム弾のアメリカ軍攻勢　破壊さ

れる村々。クンチャイ村がベトコンの
アジトなどの噂に、掃討作戦が展開さ
れる。村の祠《ほこら》がベトコンの文書のかく
し場所と思ってあけると黒い邪形の石。
ひびの間に緑色の粉。
ベトコンの攻勢に小隊はちりぢりにな
る。ロバート衝撃《(撃)》で気絶。

の荒野。

枯葉剤で一木一草なくなった荒野にさ

コクヨ　ケ-60　20×20

まよいこんだロバート。水もにごり、
うえと寒さで苦しみつつうろつき歩く。

○ジャングルの焼跡
死の世界。死体、骨（骨）、くろこげの木、
ロバート絶望的にさまよう。

○渓流。
ロバート必死で飲む。水浴びの女。ロ
バート疑い。ピストルで脅（脅）かしつつ追

う、アンコールワットのような遺跡。

○女のすみか。夜。

遺跡の祠《ほこら》のあとへ女を追いつめるロが

1/4P。緑色の髪、緑色の皮膚、一見して普通の人間ではない。女、右壁のこけに姿を同化させる。保護色である。ロバート疲労ときずで祠の中へ倒れる。

○祠。昼。

コクヨ　ケ−60　20×20

女がロバートを無言で手当てする。

ロバート、女に話しかけるが返事はない。女を追うが姿を見失なう。あたりの苔《こけ》に同化してわからない。

○祠《ほこら》、夜、
再び女現われ、緑の粉をきずにかける痛み止る。ロバート、基地へ戻ろうとして、止められる。

○詞、朝、
体回復している。ロバートは彼女に、
緑という意味のラミーナと呼（名）づける。
彼女を妖精《ようせい》だと信じる。ロバート、礼
に彼女にハーモニカを渡す。

○詞の外、夜、
地平線はるかに爆撃（撃）の光芒（芒《ぼう》）。ロバート
現在の自分の周囲の平和とを比較し、
戦争の空しさを思い知る。

コクヨ　ケー60　20×20

○祠《ほこら》、昼

ラミーナの髪に花を飾るロバート。

○渓谷、昼、

せせらぎで二人無邪気にふざける。

○荒野、

ラミーナを伴って、枯葉剤の廃墟（廃墟）にたたずみ、涙をこぼすロバート。おれは深い罪を犯した。人間は呪われているのだ。

ロバート荒土の上に森（森）からとって来た種子を植えてまわる。　その後まラミーナがひそかに緑の粉をふりかける。

○荒野（一か月後）

ロバートのまいた種子が芽を出している。　成長（喜）するロバート

○荒野（三か月後）

コクヨ　ケー60　20×20

枯葉剤の荒野に一面の草。「土地が生き返ったんだ！」

広島も、百年は草が生えないといわれていたが、自然は、タフによみがえった。生命はすばらしい！ロバートは感動する。

○遺跡

ここを復活の聖地にしよう。そして君はマリヤだ。とラミーナに語るロバート

・自分はいつまでも子どもたちにこの
奇《き》蹟《せき》を語り伝えよう。

○祠《ほこら》（夜）
ベトコンが近づく。ラミーナをうなが
してロバートが避難する。ロバートが
追手をひきつけ、ラミーナを逃がす。

○渓谷。
ロバートを追うベトコン。銃火。ロバ

コクヨ　ケー60　20×20

ート谷川へおちる。　ベトコンの集中射
撃、俺、ロバートのみこまれる。

○基地。
たんかで運ばれて輸送機にのせられる
ロバート　うつろな目。　ラミーナの名
をつぶやく。

○日本の基地
輸送機　日本の基地へ着陸

○東京、某地内病院
ロバート、うつろな目のまま入院している。看護婦、なかば病（廃）人化したロバートをやさしく看護する。

あるか月後、やっと人心地ついて、すこしブ（ず）つ笑いをとりもどすロバート。看護婦の献身的な世話、

○手術室、
両足の手術をするロバート。看護婦が

コクヨ　ケ-60　20×20

はげましている。

○病院長室、

松葉状（杖）で歩（歩）くロバート。 院長から、軍隊復帰がすぐだと申し渡される。 ロバート。 戦場へ行くのは死んでもいやだと叫ぶ。 看護婦っての人は、 二度と銃を持つ気はありません」院長と上官にバートの愛国心の欠除（如）を非難する。

○病院階段、
院長室から出て来たロバートがわざと
階段からころげ落ちる。 悲鳴を上げて
抱きかかえる看護婦

○ロバートの部屋。
ロバート車椅子で、 二度と歩けない体
になっている。 妻となった看護婦がロ
バートによりそう。
時がたち、 スバルがきいている。

コクヨ ケー60 20×20

「その看護婦がすまえのお母さんだし

スバル茫然《ぼうぜん》ときいている「お父さんのしたことをおめはみとめるかしスバル感動的にうなづく「みとめるよ。ぼくがお父さんなら、やっぱりそうしたよし父子の間に、信頼と愛がよみがえった。

前半略

○N空港、VIP室　エミがスバルを送りに来ている

(編)

変態な電波博士がスバルをせきたて

る。安井がユミを無理に連れ去ろうとし、スバルとの間で暴力沙汰《ざた》がおこる。筑波博士がスバルにベトナムへ同行させぬと脅し、スバルは止むを得ずあきらめて搭乗口へ急ぐ。

○N空港廊下。

平手打ちをくわせようとしたユミに、

安井は、父の愛馬がアメリカへ出張中自分がユミのお守り役であり、本心は

コクヨ　ケ−60　20×20

ユミが好きなのだと、くどこうとする
が、ユミに一言のもとにはねつけられ
る。

○ベトナム上空（夜）
メコンデルタの上をとぶ旅客機。筑波
博士一行が乗っている。博士は、窓外
にかすかに見えるハレー彗星《すいせい》を指し、
今年の十月にネバダの死の砂漠に隕石《いんせき》
が落下したが、その破片がすべてテクタイ

ト状のものだったこと、　さらに七六年
お、　前回にハレー彗星が接近した時に（一九一〇年）
も同じ規模の隕石がメコンデルタの北
クンチャイ村付近に落ちたこと、　その
破片もテクタイト状のものだったと
を視察団に説明し、　今回の調査は、　そ
の二つの共通性から　隕石と彗星の関
係を明白にすることなどと話す。

○クンチャイ村

コクヨ　ケー60　20×20

洞査団、村の廃墟(廃墟)へやってくる。雨期。で泥水のたまりのような村。筑波博士はすこぶる不機嫌。しかもアメリカ軍の空爆で隕石《いんせき》の落下地点は全く地形がかわっており、一同は途方にくれる。

○枯葉剤のまかれたかつての荒地。
ジャングルにおおわれている。土砂降りの雨　洞査団のトラックが立往生。

スバルが助けを呼びに村へ向かう。ま
砂降りの中、奇妙な娘に出逢《であ》う。「ロ
バート」と叫んだ娘に、スバルは、父
の話の女を思い出す。「ラミーナ」と
名を呼ぶと娘うなづく。

。廃虚（廃墟）

土砂降りの中、娘はスバルを例のアン
コールワットの遺跡《いせき》のような所へ誘う
。スバルは、ラミーナが手をとってい
ないことに驚く。彼女は祠《ほこら》からテクタ

（次頁欠）

1

ラミーナ、父の名を呼ぶ。スベルは信じられない。

◎廃墟（廃墟）、夜。雨やんでいる。

　天空にかかるハレー彗星《すいせい》。スベル、ハレー彗星の歴史（歴）、正体、今回の隕石の調査団のことなどをラミーナに話してきかせる。ラミーナはなぜかはげしく動揺し、悲しそうに叫びを上げる。一族の判らぬスバルの驚き。

○視察団のトラック。

半分泥に埋まったトラックをすてて、
前でキャンプしている一行。スバルが
ラミーナをつれて戻ってくる。筑波博
士テクタイトの塊《塊》を見てとび上る。

○ラスベガスのホテル。

虎馬が、はるばるサイゴンからの筑波

コクヨ　ケ-60　20×20

2 の緊急電話、テクタイトがみつかった との報告をうけている。彼は調査団に 莫大な資金を出し、そのかわりいっさいの権利を取得する条件をつけていた。虎馬は筑波にテクタイトの中味の緑の粉について分析し、提供するように指令する。

□大学研究室、

緑の粉が微生物にかけられる微生物おそろしい勢いで増殖する

緑の粉を土にまぜて種子がうえこまれる。急激な発芽と生長、ふくれ上り巨大化した植物。筑波たち驚き畏れる。

○ロバートの家。

スバルがラミーナを連れて戻ってくる。ロバート、ラミーナが年をとっていないのに驚く。

ユミがたずねて来てラミーナを見てショックをうけ。　スバルはうらむ。　ス

コクヨ　ケ－60　20×20

3

バルはラミーナが人間ではないことを話すが、ユミは信じず、ひとり車を走らせながら泣き、ラミーナに愛情を抱く。

○大学研究室

ラスベガスへ電話する磁波博士、驚くべき実験報告。

○ラスベガスのホテル

虎馬、その緑の粉の材料を走隠し、危

険だから渡せないという筑波と、はげしい口論をする。そのあと、日本へ戻ろうと仕度する虎馬。

○ラスベガス空港へ向うハイウエイ。
虎馬をのせた大型車が走る。道路をさえぎるザンベ。車は止るが男の姿はない。

○空港。虎馬の専用機の前。

コクヨ ケ−60 20×20

4

車横づけになる。虎馬機内へ。車のトランクから大型のバッグが機内へつみこまれる。

○機内。

虎馬、専用機内のラウンジへ至る

離陸。

○機内へ（整備室）

バッグからザンバ出る　へ出方工夫、

ザンバはバッグの中では不定形の塊となっている。バッグから出る時、ゆるやかに人の形をとりはじめる

○大学内研究室

雪。

筑波、紙の粉のケースがサンゴ状の群体になっているのを見て驚く。群体、やがてバラバラとこわれ始める。筑波たちは隣室の超音波研究室から発信さ

コクヨ　ケ−60　20×20

れている音のためだと気づく。

○　機内（ラウンジ）

ザンバがラウンジを襲う。壁に大穴、

機内の気密がやぶれ、虎馬がほうり出

される。パイロットをたたきおとして、

ザンバがコクピットに坐る。

○　高空、

専用機、きりもみ状態になり落ちてい

く。海面にはげしくぶつかる。

〇　大学研究室。

筑波によばれてラミーナとスバルが来る。筑波は絹の粉の奇蹟《きせき》をラミーナに話す。ラミーナは答えず、はげしい動揺。筑波、さらに奥のコンピューターセンターへラミーナを連れていき、ラミーナのパルスを分析装置にかける。

ラミーナが地球に派遣された神の使

コクヨ　ケ−60　20×20

6

青ー観測体であること、　地球の生物が滅亡の運命にあること、　ラミーナがそれを防ごうと自分の肉体と同質であるクロロフィルのまじった生命賦《ふ》活《かつ》剤《ざい》を使っていること、　自分に変（代）って地球生物の最後を見とどける次の使者が八レー彗星によって地球へ送られて来たこと、　などをコンピューターがどうにか読みとり、　脳波はスバルに話して聞かせる、　スバル、　驚《きょう》愕《がく》と共に　その使（使）

者(者)はラミーナを殺すのかと訊《たず》ねる。コンピューターを通じてそうだと答える(※)この場合のコンピューターの答えは画面に英語で描かれ、 それを筑波が翻訳してきかせる。)

筑波は、 ラミーナを救うことは地球を破滅から救うことだとさとり、 ラミーナを連れて大学研究室の裏山"鷹高山"のダムへ逃げろとスバルに命じる。

コクヨ ケー60 20×20

7

○ある港の桟橋《さんばし》。夜。

海中から手。桟橋をつかむ。泳ぎついたザンバが陸へ上ってくる。

○ロバートの家（家）。

スバルから電話がかかってくる。スバル、がラミーナの素性と、追手のことを話し、ラミーナをつれて鷲高山へ逃げると告げる。ロバートそれをメモする。

ロバート、ラミーナを電話に出させ、

別れをいう。
ザンバ、トラックに乗って走っている。

○

○研究所、
玄関から車でスバルとミシーナが逃げる。
スバル決意。

○鷲高山登山口。
雪が降ってくる。
二人、車を捨てて山道を行く。

コクヨ　ケー60　20×20

80 ○ スバルの町

雪が降っている。トラック走る。

○ ロバートの部屋。

ユミから電話。ロバート、ラミーナが人肉ではないことを彼女に教え、スバルたちの居場所を教える。そのとき、ロバートの部屋の窓にザンバの顔。

○ 虎馬の邸。

ユミ電話をおく。出かけようとして安居につかまる。安居結着でつけるために、ユミを連れて入心ルにあおうと云い、車で出発する。ユミははげしく安居に挑び。

P

ロバートの部屋。

ロバート・ザンバに殺される。

ザンベ出ていく

コクヨ　ケー60　20×20

90 鷲高山の登山口。
安居(井)が車をとめ、ユミを強姦しようと
する。 ザンバが現われ、邪魔(魔)された安
居(井)がザンバにとびかかり、谷へ投げお
とされる。 ザンバは山へ上っていき、
ユミは気を失なう。

0 山道、
雪の中をスバルとワミーナが必死に登
る。

○ロープウエイ乗場。（ダム入口）

業務用ロープウエイに二人が乗りこむ。

ロープウエイ登りだす。

○空中

――

○乗場。

ミザンバが来て、ロープウエイをとめる。

○空中

コクヨ　ケー60　20×20

10

ゴンドラストップ。

ザンバがワイヤーをつたって近づいてくる。スバルがゴンドラの中の工事道具で応戦。ゴンドラに乗りうつろうとするザンバ。危機一発（髪）、スバルの一撃（撃）でザンバが重心を失ない、雪渓へおちる。スバルたち、ワイヤロープをつたって頂上へたどりつく。

○ダム湖

一面の結氷。スノーモビルにのって二人逃げる。

ザンバが、もう一台で追う。(故障の~~[illegible]~~フダがはってあるために)発火して爆発、氷がわれて湖の下へ。

○ダムゲート。

二人エレベーターへ。

○エレベーターの下

11

エレベーターに爆薬(薬)をのせて上へ行かせる。上でザンバが乗る。エレベーター爆発。

○発電所。

ほっと一息ついて、二人が抱きあう。ユミが突然現れる。裏からトロッコで登って来たのだ。ユミ二人をひどくなじる。ユミがラミーナをひっぱたく。スバルが説明してもきかない。

○エレベーターの下。

半分崩れたザンバがおりてくる。

発電所のホールへ。

○発電所

外はひどい吹雪《ふぶき》。

スバル(ラミーナ)がユミの素性をユミに話すがユミは信じない。スバルは大学研究室へ電話して脳波を出し、証明してもらおう

コクヨ　ケー60　20×20

12

とする。筑波が電話口に出たとたんに入口にザンバが現われる。ユミ再び気を失なう。スバルは筑波に追手が来たと告げる。筑波は、ザンバもラミーナも超音波に弱いと教える。そのときザンバは電話をうち砕く。スバルとラミーナ発電所を逃げまわり、モーター室へはいる。ザンバに追いつめられる。スバルはラミーナを吹雪のふきすさぶ外へ押しやり、ザンバと二人で対決す

る。モーターを作《作》動して、ザンバを溶か
す。

○発電所の外。
吹雪。スバルが出て来てラミーナを呼
ぶ。ラミーナの姿はそこになかった。
スバルは涙をこぼす。

○祠《祠》(翌年の夏)
ラミーナの消えた場所に、青々と美し

コクヨ　ケ−60　20×20

13

い草、お花畠《はなばたけ》、

なぜかそこだけが、山陰なのに植物が育つのだ。スバルとユミ、肩をよせあって、ラミーナの代りに、日本を、いや世界の自然を護ろうと誓い合う。七十五年たてば次の調査桟(機)がハレー彗星《すいせい》と共に地球へやってくるのだ……

火の鳥

第一幕

第一場　プロローグ

天空に降り注ぐ星の群れ。荒れ果てた岩場。モーゼのようにやってくる猿田《さるた》。

猿田「始まることもなく終わることもない、果てしのない時の流れ。
さまよいつづけて」
コーラス「何を探しているのです？」
猿田「永遠の時を満たしてくれる何かを。生まれては死んでいくくり
返し」
コーラス「何を見つめているのです？」
猿田「夢を。限りない命の向こうにあるものを」
コーラス「それは何？」
猿田「答えられない。まぼろしの鳥。火の鳥だけが知っている」
コーラス「火の鳥」
猿田「火の鳥」
コーラス「火の鳥は飛ぶ。無限の時を超えて」

猿田「火の鳥よ、教えてほしい。歌え火の鳥。私が誰だったのかも忘れてしまいそうだ。覚えているのは私が愚かな過ちを犯してしまったことだ。そのために永遠に罰を受けて苦しんでいるのだ。ただ火の鳥よ、私は願う。この地球という星だけは救って貰《もら》いたい。かつて緑に包まれた豊かな星、地球を見捨てないでくれ」
コーラス「火の鳥、私は願う」
猿田「大地が叫んでいる。生きとし生けるものがお前を呼んでいる。この絶望から救ってくれ」
コーラス「火の鳥、火の鳥」
猿田「火の鳥よ、どこにいるのだ？」
コーラス「火の鳥、火の鳥、どこにいるのです？」

第二場　パーティー

十八世紀的なデコレーションをほどこしたアナクロ的な宴会場。華やいださんざめきの中、クラシックな演奏が続く。思い思いに仮装した賓客《ひんきゃく》達。海賊風、黒ずくめ、中世紀の騎士風、馬や兎《うさぎ》、悪魔、その他に装いをこらした人々が優雅に踊っている。中にきわだって目立つマリー＝アントワネット風の麗奈《れいな》がいる。ルイ十四世の装いをして配下を従えたロックこと間久部《まくべ》宇宙開発局長官が現れる。

次に音楽がリズム楽器を中心とした古代風なテンポに変わり、古代人に扮《ふん》した踊り手十数人が現れ、バイオレンスな踊りを披露。

音楽が再びバロック調に戻ると、麗奈がいちはやくロックを見つけ、けたたましく笑いながら無作法に近づく。かなり酔っている。

麗奈「オホホホ……ご覧なさいな、皆さん。うちの主人をご紹介致しますわ。この装いをつけるのに半日もかかりましたのよ。これで一夜漬けのダンスをご披露するつもりですの。今夜の宴《うたげ》のクライマックスですわ」

ロック「(苦々しく麗奈にささやく) よさないか。君に酒はひかえろと注意しておいたはずだ」

麗奈「(それを無視し) 今夜の宴は私のアイデアですの。(ロックの同伴の副官に) お気に召しまして? 二〇〇〇年、二十世紀のしめくくりに、とびきりの趣向でございましょ」

副官A「まさしく奥様はすばらしい演出家でいらっしゃる」

副官B「世紀の終末にふさわしいしめくくりのパーティーです」
麗奈「ほれごらんなさい。それなのに貴方《あなた》は苦虫をかみつぶしたようなお顔。あと数時間で二十一世紀の初日の出だというのに、主人はちっとも嬉《うれ》しくありませんの。昔ながらの貧乏性なんですわ（ロックをからかう）」
ロック「君のようになんの屈託もなく羽目をはずせる女は幸せだよ」
司会者「長官、お待ちしておりました。壇上へどうぞ」
客A「長官のスピーチをぜひ」
客B「そうだ、スピーク・プリーズ！」
ロックうながされてマイクの前へ立つ。マイクのうしろのスクリーンに巨大なロックが投影される。拍手。
ロック「お集まりの紳士淑女の皆さん。私は宇宙開発局長官として一言申し上げる」

麗奈、無遠慮な拍手。

ロック「すでにわれわれ人類は地球を征服しました。新しい宇宙時代を迎えようとしています。宇宙はかつて神秘に包まれていました。しかし科学技術がこの神秘の謎《なぞ》を解こうと宇宙を手に入れようとしている時、われわれの足許《あしもと》になにが起こったか。皆さんはよくご存じのはずです」

スクリーンにさまざまな自然公害の映像が投影される。

ロック「ご覧のとおり、われわれは二十世紀に、技術の盲進によってとりかえしのつかない荒廃をもたらしました」

舞台の袖《そで》から宇宙飛行士マサト（山之辺《やまのべ》正人）が登場。ロックの演説を聞いている。

麗奈がいちはやくマサトを見つけ、せいいっぱいのこびで見つめる。マサトを囲んだ客達。今夜の宴《うたげ》のもう一人の主役はマサトなのである。

ロック「(スピーチを続ける) その最たるものは、核エネルギーのお粗末な乱用でした……各地に放射能がばらまかれ……動物や植物は死滅し、人類も……(と言いかけて麗奈の態度を見て絶句。麗奈は酔ったままマサトに近づき手を握ってあからさまに親愛の情を見せ、しきりに甘え声でなにかしゃべっている。ロック、気をとりなおす) このままでは地球は自滅する。そういう自暴自棄な気分がこの十年近く世界をおおっています。だが地球を救うことは手おくれなのか? 否《いな》! われわれ宇宙開発局は……この二十世紀の終わりにかけてすばらしい発見をしました。この発見に貢献したのは……猿田博士です。(客どよめく)

(その間にマサトは人ごみにかくれ、麗奈が追っていく。反対

側から正装の猿田博士が登場)
今から七年前、この地球に接近した彗星《すいせい》ハレルヤを覚えておいでだと思う。そのハレルヤの核の中に不可思議な物体を発見したのです。
猿田博士を紹介します。(猿田壇上へ上がるが不機嫌。拍手する客。ロック続ける)それは鳥のような姿をした生物でした。彼はそれを、神かも知れぬと言いました。(客哄笑《こうしょう》)まあ、猿田博士がそれをどう思おうと自由だが、問題は、その物体がハレルヤのエネルギーになっていることです。つまりその鳥にまぎらう物体が出しているエネルギー波を猿田博士がキャッチしたのであります。このエネルギーこそ、われわれ人類が待ちのぞんでいたものです。つまり……これは……」
(ロックつまる。猿田を見る。「何と言ったかね?」と顔をのぞく)

猿田「核融合エネルギーじゃ」
ロック「さよう。核融合エネルギー！　安全で、強大で、人類の未来を救うべき究極のエネルギー！」
猿田「それはどうかな」
ロック「シッ！　そのエネルギー体は彗星ハレルヤの中にある」
客達「(つぶやく)　ハレルヤ！　ハレルヤ！」
ロック「われわれは彗星ハレルヤを追跡し、そのエネルギー体の正体をつかみます」
客達「(ざわめき)　ハレルヤ！　ハレルヤ！」
ロック「われわれは、そのための宇宙船をつくりあげた！」
客、次第に興奮してくる。次々につぶやく。
客達「それがあのスペース・シャークか」
「そうよ、スペース・シャークよ」

「スペース・シャークだ！」

ロック「そして明日、二〇〇一年一月一日、それはハレルヤへ向けて出発するのだ！」

客、歓声。

ロック「その物体を見きわめ、この地球へ捕捉する名誉ある任務を遂行する選ばれたパイロットを発表します。第4アストロノウツ訓練センター所属、山之辺マサト一等飛行士！」

客、歓声。

ロック「山之辺マサト、ここへ来たまえ」

マサトの姿がない。

客、ざわめき。

ロック「どうした。どこにいるんだ、山之辺マサト！」

マサト、依然として現れない。

客、ざわめきはげしくなる。

ロック「出席せよと命じておいたはずだろう、副官」

副官A「はい長官、確かに連絡はとどいております」

ロック「なんて身勝手な奴《やつ》だ。晴れの席だというのに！」

面子《めんつ》をつぶされてロックはひどく不機嫌。

司会者「（とりつくろうように慌《あわ》てて）音楽どうぞ！　記念すべき二十世紀の最後の夜を！」

音楽が急に未来風に変化すると、舞台には十数人の男女が現れ、世紀末風の退廃した官能的なダンスを始める。

客、歓声をあげ、ダンスに加わる。

はじけるクラッカー。舞いあがる風船。さまざまな仮装をこらした客達、踊り狂う。その中をロックがマサトを捜すように（というよりマサトを追っていった麗奈を捜すように）ムッツリと退場。

とこの時、シャンデリアが揺れ、地の底からにぶい恐怖の音がわきあがる。

客「(声) 地震だ!　地震だ!」

女の悲鳴、混乱。

司会者「(おしとどめるように) 大したことはありません。落ち着いて下さい。すぐ静まります!」

舞台あかり消える。騒然。カーテンしまる。

——カーテン前——

ロック、スポットの中に登場。袖にマサトが居る。ロック不機嫌につぶやく。

ロック「なんて地震だ……また始まりやがった……。大晦日《おおみそか》だというのに……そこに居るのはマサトか？」
マサト「はい長官」
ロック「なぜ呼んだのに来なかった!?」
マサト「申し訳ありません。聞こえませんでした」
ロック「相変わらずお前は反抗的だな」
マサト「…………」
ロック「すぐ客の前へ出たまえ」
マサト「私は見世物《みせもの》ではありません」
ロック「英雄を紹介しようというのだ」
マサト「私は英雄ではありません。それに、明日の出発準備もあります」
ロック「マサト、訓練センターの報告は受けている。君が優秀な成績でこの任務に選ばれた時、私は誇りに思った。君を期待しているんだ」

マサト「（冷たく）それは光栄に思います」

ロック「わが地球連邦は君の肩にかかっている。明日、その英雄が彗《すい》星《せい》ハレルヤに向かって飛びたつのだ。客だって、一目その勇姿を見たかろうじゃないか」

マサト「…………」

ロック「それとも何か差しつかえがあるのかね」

マサト「ありません」

ロック「誰かとここで待ち合わせでもしているのか――たとえば」

マサト、ロックの顔を見る。

ロック「私の家内か」

マサト「長官の奥様？　ばかげたことです」

ロック「ばかげたとは何だ。さっきは確か、麗奈と話しあっていたようだが」
マサト「麗奈とは関係ありません」
ロック「家内の名を呼び捨てにすることは許さん！」
マサト「奥様とは、もう長い間、お話をしたことはありません」
ロック「ではさっきの、親しそうな家内との態度は何だ」
マサト「(無視して)私は、ここへ猿田博士に会いにきたのであります」
ロック「(眉《まゆ》をひそめ)猿田博士と話？　何のためだ」
マサト「個人的な問題です」
ロック「話したまえ」
マサト「明日は出発です。どうしても今夜、たしかめておきたかったのです」
ロック「だから何をだ」
マサト「長官に申し上げるほどのことではありません」

ロック「命令だ。話してみろ」
マサト「申し上げられません」
ロック「(腹を立て) なんたる無礼な奴だ、君というひねくれ者は。下手《へた》なかくしごとをすると陰謀の疑いで逮捕させるぞ」
マサト「私は陰謀など企てはしません」
ロック「じゃあ何だ。命令する。話せ」
マサト「宇宙開発局長官としてですか」
ロック「そのとおりだ」
マサト「では止《や》むを得ません。実は……猿田博士のお嬢さんのことです」
ロック「猿田の娘だって?」
マサト「イノリさんです」
ロック「イノリがどうしたのだ?」

マサト「そのことで猿田博士とお話が……」
ロック「ちょっと持て、すると何か。君はあの娘が好きになったとでもいうのか」
マサト「…………」
ロック「つまり愛しているのか？」
マサト「はい」
ロック「いつからだね？」
マサト「……もう……かれこれ……一年になります」
ロック「こりゃ驚いた。それは知らなかった。君はあの娘の事をどのくらい知っているんだ？」
マサト「……お互いに好きあっています……それで充分です」
ロック「(マサトから離れ、客席に向かってつぶやく）何てこった。こんな意外な話とは知らなかった。(マサトに向かい）私の家へ来たまえ。一杯くみ交わそう」
マサト「なぜでしょうか?」
ロック「君の未来に乾杯したいからさ」
マサト「私の告白が……そんなに面白いのですか」
ロック「そうではないのさ。いろいろ君とは膝《ひざ》を交じえて話してみたかった。いい機会だ。私の家でザックバランに話しあおうじゃないか」
マサト「私は、猿田博士に会わなければなりません」
ロック「だから、さ、猿田と、娘のことでも君に打ち明けておきたいことがある。長官とパイロット、という間柄ではなく、兄弟として話そうじゃないか。え、どうだ、マサト」
マサト「兄弟……」
ロック「そうだ。なにしろ、君と私とは血を分けた兄と弟じゃないか」

第三場　ロックの邸内

カーテン開く。やや前世紀風の品のよい調度品が飾ってある客間。階段とテラスが見える。

窓からは夜明けの空とはるかに大都会が望まれる。部屋には鈍い間接照明がたちこめている。

ロック「(酒の棚の方へ行きながら) 今は午前三時だ。二十一世紀の元旦を迎えて、世界中がドンチャン騒ぎをしていることだろう。明日にも来るかもしれない地球の大破局を、飲み呆《ほう》けて忘れようとしてるのさ……家内も朝までは帰ってこないだろう……何を飲むね」

マサト「何でも結構です、長官」

ロック「(ブランデーの盃《さかずき》を二つ持ってきてマサトに座れとうながす)うちへ来たら、そう堅苦しくするな。兄さんと呼ぶんだ」

マサト「兄さん……」

ロック「そう、それでいい。私達は双子《ふたご》の兄弟だった。あの頃のことを覚えてるかい。確かに貧しくて、くらしも楽じゃなかったな。でも二人してなんとか頑張ってきたじゃないか。試験管ベビーで生まれて親もわからないわれわれとしちゃあ、幸福だったのかもしれんな」

マサト「そして兄さんはある日、突然ぼくのそばから消えてしまった」

ロック「そうだ消えたよ。適性検査で、君と私とは別の人生をたどる運命になって離されてしまったんだ。君は宇宙飛行士として育てられ……」

マサト「兄さんはエリートとして政治の世界へはいっていった」

ロック「私は地球連邦のお偉方《えらがた》をこの手で握りたかったのさ」
マサト「ぼくは所詮《しょせん》テクノクラートですからね。兄さんとは出来がちがうんだよ」
ロック「私だって、実権を握れば、君にいい目をさせてやろうと思っていたんだ」
マサト「兄さんはぼくから見れば雲の上の人だ。昔、中学校にぼくが入学した時、学校で兄さんを見かけたことがある。幼稚園いらいの再会だったので、ぼくは嬉《うれ》しくなって声をかけた。あの時は随分叱《しか》られた。兄さんはひどく冷たかったね。ぼくはひとりぼっちでひとりで生きていかなければならない、そう自分に言い聞かせたよ」
窓の外に花火が続けて光り、鳴る。
マサト「気持ちいいだろうね、兄さんは利用できるものはなんでも手に入れて、出世のたしにしてきたんだものね」
再び花火。それを見つめるロック、間あって、
ロック「麗奈のことか？」
マサト「そうだ」
ロック「それで私をうらんでいるのか？」
マサト「あの時はね。くやしくって、兄さんを随分うらんだよ」
ロック「麗奈は君には過ぎた望みだったのだよ」
マサト「そうかもしれない。でも、ぼく達は愛しあってた」
ロック「どうかな。麗奈はエリート官僚の一人娘だ。一介《いっかい》のパイロットに入れあげて結婚するような女じゃない」
マサト「でも愛してた」
ロック「そう思い込んだだけだ」
マサト「……（間）いいよ。もう過ぎちまったことだ。どうでもいい

ことだ。それより兄さん、イノリのことを知ってるなら教えて
くれよ」
ロック「イノリか……」
マサト「猿田の娘なんだろう」
ロック「そうだ」
マサト「ほんとに娘なんだね？」
ロック「……そのとおりだ」
マサト「ああよかった。ぼくは猿田博士にイノリを下さいと申し込む
つもりなんだ」
ロック「今？」
マサト「ああ今。ぼくは宇宙へ出ていく。その前に正式に結婚を申し
込むんだ」
ロック「猿田はこのことを知ってるのかね？」

マサト「知らないと思う。だから……」

ロック「どうしても申し込むのか」

マサト「ああ！　イノリ。素晴らしい女性だ。今度こそは誰にも邪魔させない。兄さんにだって！　イノリはぼくのものだよ。たとえ死んだってぼく達は離れないよ」

（マサト歌う）

出遇《であ》ったのは秋

コスモスの花咲く

宇宙《おおぞら》の庭先

あの時君は

未来をくれた

喜びと

希望《のぞみ》をくれた

果てしない宇宙《そら》の
ほんの庭先で
はじめて知った
大きなもの
(歌終え、マサトは夢を見るように立ちつくす)
ロック「マサト、君の心はよくわかるがね、イノリという娘には、あまり近づかない方がいいぞ」
マサト「何？　何て言ったんだ兄さん！」
ロック「イノリには心を動かされない方がいいと言ったんだ」
マサト「兄さん、また今度も邪魔するんじゃないだろうね。そしたら、許さないぜ」
ロック「マサト、よく聞くんだ。いいか、猿田が合成生物の権威だっていうことは知っているだろう」

マサト「それがどうしたんだ」
ロック「猿田は馬でも鳥でも象でもネズミでも、なんでもまがいものの動物を人造細胞でつくってしまう魔法使いみたいな科学者だ」
マサト「それで、ピンチョとかパンチョとかいった半人間もつくったってことは知ってるよ」
ロック「イノリもだ」
マサト「そうだ、知ってる」
ロック「イノリもまがい人間なんだよ」
マサト「よく知ってるよ」
ロック「落ち着いて聞け。イノリは合成人間なんだぞ！」
マサト「そんなことは承知のうえだ」
ロック「何だって！　それを知ってて愛しあってるのか」
マサト「そうさ、愛しあうのに合成生物だのまがい人間だの関係ないだろ」
ロック「だが、イノリは人間じゃないんだぞ！」
マサト「…………」
ロック「知ってのうえで結婚する気か」
マサト「ああそうだ」
ロック「マサト、この結婚はうまくいきっこない。諦《あき》めろ」
マサト「そんなことを言う権利は、今度こそ兄さんにはないはずだぜ」
ロック「イノリは結婚できる体じゃない」
マサト「ぼくが守ってやるよ。だいたい兄さんは何だ。兄さんの結婚は失敗だ。麗奈は兄さんを愛してない。兄さんは麗奈を出世のだしに使ったんだ。このうえ、ぼく達の愛にまでつべこべ口を出して、それも兄さんの処世術に利用する気なのか」
ロック、マサトをはげしく打つ。

ノックの音。ロック、ためらったあと、ドアをあける。陰気な薄気味悪い背の高い男が立っている。いんぎんに礼をする。

横島「こちらは間久部《まくべ》様のお宅でしょうか」

ロック「そうだが。あんたは誰だ」

横島「横島戴全《よこしまたいぜん》と申します。奥様はご在宅で」

ロック「家内は今、留守だ。何の用か言いたまえ」

横島「(ジロリと室内を見、マサトを見つける) さようですか。それならまた伺いましょう。お邪魔しました (退場)」

間。窓に花火。かすかに歓声。楽隊の音。やがてマサト身じろぐ。玄関に行きかける。

マサト「ぼくも引き揚げよう」

ロック「マサトと呼ぶのもこれが最後だ。成功を祈る。山之辺正人」

マサト「行って参ります。長官」

（ロックソロ）
シャーク　シャーク　シャーク！
スペース・シャーク！　人類の夢乗せて
シャーク！　銀河《コスモス》の彼方へ飛んでいく
シャーク！　煌《きら》めく勝利
（マサトソロ）
シャーク　シャーク　シャーク！
スペース・シャーク！　スリムなボディ輝かせ
シャーク！　未来を救うコロンブス
シャーク！　わが手に宇宙《そら》を
（二人）
おお　ハレルヤ
いつの日にかそのふところに

歌終わり。マサト退場。ロック、その場に残る。すこし前から階段の上にへべれけに酔った麗奈が立ち、手すりにつかまって体を支えながら、マサトをじっと見つめている。

麗奈「涙ぐましき別れね」

ロック「（驚く）戻っていたのか」

麗奈「貴方《あなた》より一足お先にね。私だって夜遊びしたくない時だってあるわ。（階段をよろけて降りながら）今夜の貴方は得意の絶頂……マサトの件さえなければね。とんだ恋の指南役だったこと」

ロック「奴《やつ》の名前を言うのはよせ！」

麗奈「ホホホ……これだけたってまだ妬《や》くの？　それとも良心とやらが疼《うず》くの？　遥けき青春の恋よ。かびの生えたアルバムの中でなぜにもだえるや。（大げさな手振りをしつつソファに横たわる）ブランデーを私にも頂戴《ちょうだい》」

ロック「いい加減にしないか」

麗奈「あの人はまっとうなことを言ったわ。貴方《あなた》がマキャベリストだってこと……そう思って見ると貴方のお顔は、いろんな人のうらみつらみをはりあわせたみたい。その中には人の好い私のパパの顔もあるみたい」

ロック「もうよせ！　君はしこたま飲んだんだ！」

麗奈「貴方の大演説で、あの仮面の下の欲ぼけした人達の顔がどんなにご機嫌になったか、目に見えるようよ。だってあれを聞いてたら、まるで目の前にこんーなにお札の束が積みあがるような気分でしたものね。ブランデーを頂戴よ。わが世界一のお金持ち国日本が、政府と大企業とグルになって、最後に打ちあげた大きな賭《かけ》ですものね。早くグラスを頂戴ってば貴方！　いいわ、飲ませないのならクローン達を呼ぶから。（テーブルのボタン

を押す。二人の顔もさだかでない召し使い型クローンが登場）
ブランデーを二人に。それから一人はあたしの足をもんでおくれ。（クローン、命ぜられたとおりに機械的に動く。ロック、クローンから差しだされたグラスを乱暴に叩《たた》き落とす）

ロック「いらん！」

麗奈「でも、もしこの大ばくちがしくじったら、あの仮面の下の顔が土《つち》気色《け》になって、何人も自殺しちゃう客が出るでしょうね。そういう、ヤケクソ・パーティーなのよ。あんなところ……あんなところシラフでホステスがつとまりますか、アハハハ……貴方のくそ真面目《まじめ》な大演説なんて、とてもとても……アハハ……アハハハ」

ロック「……（つぶやくように）変われば変わるもんだ……」

麗奈「なにが変わったというの」

ロック「初めて君を見たのは軽井沢のスポーツジムだった。君ははちきれんばかりの肉体を動かして、きらきらした汗に輝いていた」
麗奈「どうしたの。突然何を言いだすの」
ロック「いや、ちょいと思いだしたのだよ。遠い昔の君の姿を。酒におぼれる前の素敵な君の姿を」
麗奈「それがどうしたというの。こんなあたしに仕立てあげたのは貴方よ」
ロック「私は君を愛していた……」
麗奈「(突然マッサージしていたクローンを蹴飛《けと》ばす)痛いじゃないの。もっと優しくもみなさい！　(ロックに)驚くことはないわ……。人間は変わるものよ。変わらなかったのは貴方だけ。貴方だけは、ずっと正体が変わらなかった。他人《ひと》から全部奪いとって、自分の栄養に変えて、どんどん膨らんでいくおバケ……際限なく大きくなってく、あの童話の蛙《かえる》の王様みたいな怪物……カイジュウ」

ロック「君は、よく亭主や大切な客のことを、そう露骨に憎々しげに言えるね」

麗奈「別に憎らしくもなんともないわ。滑稽《こっけい》だから笑ってるだけ。今夜のお客……いっさいがっさいすべてがみんな（花火再び打ちあがる。外、昼間のように明るくなる。遠くどよめき）マンガ！　二十一世紀はマンガなのよ！　大喜劇に乾杯！　スペース・シャークに乾杯！　哀れな山之辺マサトに乾杯！」

ロック「（外を見てつぶやいている）午前四時か、そろそろ主役も眠る時間だよ。（マサトの名を耳にして麗奈をふり返りどなる）その名前を口に出すな！」

麗奈「だって主役でしょう？　英雄に敬意を表すのが悪いの？」

ロック「奴《やつ》は英雄になる。だが主投じゃあない。君の乾杯する相手じゃあない」

麗奈「それ嫉妬なの？」

ロック「奴はわれわれとは水と油の存在だ」

麗奈「いちいちあたしのすることに干渉しないで頂戴《ちょうだい》」

ロック「よく聞くんだ。奴の心はもう君から遥か遠くに翔《と》んでいる。奴は夜が明けたら、一人のクローン人間の女になんと結婚を申し込む。君が膝元《ひざもと》にかしずかせているまがい人間の仲間にだ。そして、生殖機能もない体で愛に結ばれる能力もない女と手を携えて宇宙へと飛びたつんだ……これでもう水と油の存在だということがわかったろう。われわれは今権力の中心に居る。そして君は今、何不自由のない最高エリートの妻としてトップレディの地位を謳歌《おうか》している。すくなくとも明日以降、日本中は無論のこと、アメリカ大統領夫人、ソビエト書記長夫人、英国女王、その他世界中の女性から、注視と羨望《せんぼう》の的になるんだよ。宇宙のどこかへ飛んでくけし粒のような男の事を思いだす事など止めたまえ。――この仮装は、そろそろ苦になってきた。上へ上がって一眠りしよう。明日のスペース・シャークの見送りに眠そうな目もできないだろうからね。（階段を上がる。麗奈をピシャリと言い負かした優越感一杯に部屋に消える）お休み」

麗奈、ロックの方をふり向きもしない。だがその肩は、はげしい怒りにふるえていることがわかる。ロックが退場して間もなく、玄関のドアがノックされる。そっと扉が開き、客の影が外に黒々と立つ。

横島「はいってもよろしゅうございましょうか、奥様？」

麗奈「はやくドアを閉めなさい。夜明けの風は身が凍りそう」

横島「新年のお慶《よろこ》びを申し上げます（と、深々と頭を下げる。麗奈にかしずいている二人のクローン人間に眉《まゆ》をひそめ、黙っている）」

麗奈「ああ、この二人は心配ないわ。まがい人間で、あたしの命令しかきかないようになってるの。こっちへお座りなさい。（居丈《いたけ》高《だか》に女王然と横島に応対する）で、あたしの頼んだ件は引き受けて貰《もら》えるんでしょうね」

横島「（立ったままいんぎんに卑屈に応答する）お受け致しましたとは、すでに準備が出来ております奥様」

麗奈「相手をやり損なうことは絶対ないでしょうね」

横島「それはもう、私の首にかけても誓って殺してお目にかけます」

麗奈「お前は世の中のゴミと呼ばれている種類の人間。でも、ゴミにもゴミの信義があるって聞いています」

横島「奥様、恐れながら今どきの標的は私どもの若い時分とかなり様子が変わってまいりましてな、とどめを刺すことが非常に難しゅうなりました。どんなに当方が念を入れて死んだことを確認いたしましても、すぐまた生き返ってしまいます。人工皮膚やら人工筋肉などというものがまかりとおりまして、二つや三つの部分をふっとばしましても、医者が訳もなくもとの体に戻してしまいます。たとえ心臓を打ち砕いたところにしたって、それ、その人工心臓という代物《しろもの》がございましょう。私どもにとっては、やりにくい時代になりましてございますよ。いや、奥様、ご心配には及びません。私の永年の体験から、百パーセント確実な殺し方を用いますので、絶対にミスはございません」

麗奈「間違いなく死ぬのですね」

横島「痛いとか苦しいとか、そう思う暇もございますまい。なにしろ首から上を一瞬にふきとばすのですからな」

麗奈「(しばらく絶句)とにかくやり方はお前に任せます。時間は午後二時。場所は猿田博士の研究所の後ろの丘……詳しくは、ここにいるクローン達に案内させるから気づかれないように。さらに一つ、必ずひとりになった時をねらいなさい。それまで相手はデートしているのです。デートの一人が丘から姿が消えて、かっきり十分後をねらっておくれ。銃声を聞かせたくありませんからね」

横島「奥様、銃などは使いません」

麗奈「では何を」

横島「ESPギロチンです」

麗奈「まッ！」

と、思わず悲鳴をあげる。階上に灯がつき、ロックが手すりから下をのぞく。横島、壁の隅に隠れる。麗奈、グラスを持ってソファに立ちつくす。

ロック「そこに誰がいる？」

麗奈「私ですわ」

ロック「男の声がしたぞ」
麗奈「私がひとりで歌っていましたの」
ロック「(疑わしげに) マサトが戻ってきたのではないかと思ってね」
麗奈「(無理に気を静め、低い声で歌いだす) 琥珀《こはく》色の一杯のグラス
……それが私を夢に誘《いざな》う……私の低音の味をご存じのはずでしょう、貴方《あなた》」
ロック「そうだったかな」
(麗奈歌う。カーテンしまる)

愛は流れる水
酔いに溺《おぼ》れる水
貴方《あなた》と会ったのは秋
コスモスの花咲く
秋の水辺……

カーテンの前で、麗奈、絶望的に歌いつつ退場。一方にはマサトとイノリが登場。同メロディのデュエットとなる。

第四場　猿田研究所の丘

（イノリ、マサト歌う）
貴方と会ったのは秋
コスモスの花咲く
秋の水辺
未来という名の庭で
永遠《とわ》の愛を口うつしに

カーテン開く。一面にコスモスの乱れ咲く丘陵《きゅうりょう》。若い二人が抱きあって立っている。

（イノリ）

隠しきれないのこの気持ち
すがすがしい朝のように透き通った風になって
飛んでいきたいの今すぐに
どこへ　どこへさ　きくの野暮《やぼ》よ
言わずにいられないこの気持ち
きくわよ　きくわよ
素敵なプレゼント開くようにときめいて
毎日がお祝いなの　わかるでしょ
ぜんぜんわからん　教えて　教えて

愛は魔法よ　信じていれば何でも叶《かな》う
すばらしさ
ランラーラ　どうしよ病気よ
ランラーラ　かなり重症
ルルルル　ほどこしようないわ

間奏（ダンス）

そこのお嬢さん大丈夫？
どうしてどうして　ずいぶん血迷って
いるけど平気なの
夢はいつか覚めるものよ
嘘《うそ》だわ嘘だわ信じないわ

初めてなのこの気持ち　ルルルル
湧きあがる泉のようにいつまでも
いつまでも流れていくのよ貴方《あなた》の許《もと》へ
そんなにいいならちょっぴり分けてよ
貴方だって持ってるわよ　ほんとかさあ

（イノリ、かがんで花の一つをちぎる）

イノリ「ねえマサト、ほら見て、こんなに可愛いわ」

マサト「何て花？」

イノリ「りんどう。マサトは数字や記号のことは何でも知ってるのに、りんどうって知らないの？」

マサト「宇宙へ出るとね。そこは闇《やみ》。無機質の世界なんだ。生きているのは自分、そして自分を生かしてくれるのは科学技術、そんな世界なんだ。ぼくは生まれた時からその世界に見あった勉強をさせられてきちまった……だからりんどうも、ひなげしも、チューリップも知らない。花も草も鳥や虫の名前も知らない。悲しいけどね」

イノリ「あたし数字とか、むつかしいこと、ぜーんぜんわかんない……もうじき出発なのね」

マサト「ああ、あと六時間余りでスペース・シャークに乗って飛びたつ時刻だ」

イノリ「おめでとう……」

マサト「それで……それで、地球へ帰ってきたら……もっと沢山《たくさん》花の名前を教えてほしいんだ」

イノリ「えっ？」

マサト「毎日毎日、昼も夜も花や草や鳥や虫の名を教えてくれないか」

イノリ「うん、教えるわ。ねえマサト、奥さんってご主人を助けるものなんでしょ？」
マサト「そうさ」
イノリ「あたし達、その時結婚してるんでしょ？　もう？」
マサト「そうさ。今日、たった今、猿田博士に結婚してもいいって許してもらってきたからね」
イノリ「だから、あたし結婚したら、いちばんのお仕事はご主人にお花の名前教えること……はい、これ。（マサトの胸にコスモスの一輪をつける）これコスモスよ」
マサト「コスモスだって？」
イノリ「あたしのお守り」
マサト「コスモスって……宇宙って意味じゃあないか！」
イノリ「だからお守り」

マサト「(イノリを抱いてキス) 素敵だ! 君はなんて素敵なんだ!
(時計を見る) もう行かなくちゃ」
イノリ「今夜、お見送りに行くわ」
マサト「じゃあ」
イノリ「マサト、も一度、貴方《あなた》の顔見せて」
マサト「これでおしまい」
イノリ「行ってらっしゃい (とシミジミと言う。マサト舞台上手《かみて》沿いに立ち、スポットの中で歌い始める)」
マサト (歌い、踊る。以下M)
誰かが呼んでいる星の彼方
何かが待ってる宇宙の彼方
僕の勇気が未来を変える
未知なものを信じて立ち向かおう

さあ行くぞ　翔《と》ぶぞ　発《た》つぞ
夢をこの手に掴《つか》むのだ！

数え切れない星屑《スターダスト》の行く手
ぼくの鼓動がドラムのように
銀河いっぱいに鳴りひびく
それが未来へのセコンドだ
さあ行くぞ　翔ぶぞ
発つぞ　夢をわが手に掴むのだ！

マサト退場。すこし前から下手《しもて》より異様なハンターの風体の横島、二人のクローンに導かれて登場。立ちつくしてジッとイノリを見つめている。やがて頭に奇怪なヘルメットをかぶる。ＥＳＰギロチンである。

イノリ「(かがんで花の一本を摘みとり立ちあがる) いいえ、はい、いいえ……。(花片をちぎっては投げる) はい、いいえ、はい、マサト！　(最後の一枚をマサトの去った方へ投げる。夕焼けが美しい)」

横島立ちはだかり、イノリの方を向き、精神を集中する。装置のランプが明滅し、やがてヘルメット全体が真っ赤に光りだす。その光がイノリの頭にも同様に光り始め、次第に強くなり、横島はげしくけいれんする。イノリの首から上が、まるで風船がはち切れたように木っ端微塵《こ ぱ み じん》に破壊される。

イノリの胴体、ゆっくり前 (奥の方) へ倒れ込む。

横島、ヘルメットをぬぎ、ゆっくりイノリの傍《そば》へ行く。二人のクローン呆然《ぼうぜん》とたたずんでいる。横島、じっとイノリの遺体を見下ろし、やがて足でこづいてみる。

横島「あとからわかって呆《あき》れたが、この女、クローンなのか。ふん、殺し屋の横島戴全《たいぜん》もおちぶれたもんだ」

と、憮然《ぶぜん》とヘルメットを投げだして歩きだす。それを見送る二人のクローン。横島舞台下手《しもて》へ退場。

クローンの一人がイノリをそっと抱えこみ、一人がヘルメットをかぶって横島の去った方向を見つめ、精神を集中する。赤いランプが明滅。ヘルメットが赤く輝きだす。舞台裏で横島の苦悶《くもん》がはげしく聞こえ、やがてボン！　という音と共に舞台一瞬暗転。

第五場　猿田研究所内部

コスモスの丘のステージが暗転し、研究所の中となる。シルエット風に積み重なったクローン生物の容器が青緑にぼんやり光り、生物達のシルエットが黒々と浮かびあがっている。
上手袖《かみて》に猿田がスポットの中に現れ、電話にどなっている。

猿田「なんじゃと？　多数のライオンの死骸《しがい》が発見されたちゅうんだな？　ジンバブエ保護区ではこの一年に五千頭もライオンが消え去ったというから、強制的に保護した動物だ。それが一頭残らず死んでしもうたというのか？　コアラ保護区でもコアラが全部行方不明だと？　地中海地区のイベリア松保護林はどうなんじゃや。えッ」

猿田の後ろにカトウ所員登場。

猿田「(電話を切り独白)　何かが起こっている。この地上で何か大変な事が起ころうとしとる……（カトウに気づく）」

カトウ「(進みでて猿田にデータを渡す)　そうなんです。このデータを見て下さい。この琵琶湖一帯の小鳥や広葉樹林が昆虫と共に、今朝からいっせいに姿を消しました！」

猿田「いっせいにか？」

カトウ「そうです、いっせいにです。そしてそのかわりに、前々から大量発生していたアオミドロという例の藻《も》が、一挙にどっと湖面へあふれでました！」

猿田「アオミドロの大発生じゃと？　それなら、魚の死骸もたぶん一面に浮かびあがったろうが」

カトウ「それがまったく奇妙なのです。魚はまるでかき消えたように一匹も浮かびあがっておりません」

猿田「魚が……魚の姿がないちゅうのか？」

カトウ「はい、文字どおり一匹もです。あたりの住民はまるで神の怒りでも下ったみたいに大パニックを起こしています」

猿田「ううむ。こりゃ一体全体どうなっとるんじゃ！（舞台袖をガンガンとこぶしで叩く）わからん。わしにはさっぱりわからん。誰かヒントでもよいから教えてくれ！」

クローン人間のピンチョとポンチョ、大きなヒョウタンツギのクローン生物（銀色のビニール製でよい）を二人で抱えて上手から下手へ走り抜けようとする。

猿田「こらピンチョ、ポンチョ、何を遊んどる。そのクローン生物を勝手に持ちだしてはならんと言うたじゃろう。女なら女らしく、おとなしくホールに座っとれ！（ピンチョ、ポンチョ、慌てて上手へ退場。猿田、データをもう一度めくって調べ、カトウに渡そうとし、自分が抱えこんでつぶやきながら上手へ去る）異常事態……異常事態……異常事態……」

カトウ呆然《ぼうぜん》と立ちつくしスポット消え、暗いままステージ上のク

ローン達が歌いだす。(このハミングもしくはスキャットが、すこし前から始まってもよい)

クローン達(M)

見るがよい　見るがよい
おのれのしたことを
おのれのまわりを
人間よ　人間よ
おのれの世界を見るがよい

罪を怖《おそ》れず
やりつくした
おのれの愚かさを見るがよい

待つがよい　待つがよい
この世界に
メシアの姿がそこに
メシアがハレルヤと共に現れる
ハレルヤ！　ハレルヤ！

曲と共に溶明。舞台は研究所ホール、といっても豪壮なものではなく、どこかの中級《クラス》の企業研究センターのようなものである。正面から両翼に三段の培養基が並び、中に一人ずつ銀色ビニールに包まれた人間形クローンが収まり、座ったり、ポーズをしたりしながら身じろぎしている。よく見ると、馬や犬や豚や類人猿の姿に似たビニール製ぬいぐるみ（中身は人間）もまじっていて、さまざまな人造生物がここで合成されていることがわかる。培養基の間隙《かんげき》には入り乱れたコード、床面には一面のコントロール・デスクとコンピューター映像、TVなどが所せましと並んでいる。どの培養基からもぶくぶくと泡が立ち、青白い光が充満している。下手《しもて》奥に猿田博士のデスク、正面奥にもいくつかのデスクが見え、書類が乱雑に積みあがっている。が、もっと異様なのは、ステージ床に新聞紙や毛布が敷かれて数名の研究所員が車座になって酒盛りをしていることである。カンビール、おつまみ、小皿などが並び、研究所員も総じて立派な身なりの人間とは申し難い。むしろ場違いというより、そこだけに二十世紀から鋏《はさみ》で切りとったような親近感、もしくは庶民的なムードが漂っている。よれよれの白衣やネクタイ、もじゃもじゃの頭髪。しかし顔付きだけはエリート校を出た秀才の面影がある。すぐ横に例のヒョウタンツギのクローン（ビニール風船）を抱えたピンチョとポンチョが立って、一同の酒盛りに割り込んでいる。上手《かみて》ずっと上方に天窓風のガラス。夕焼け空が顔を覗《のぞ》かせている。
カトウ所員、一同に近づき、首を伸ばして食べ物の山を見る。

サトウ「カトウさんも一杯どうです」

カトウ「私は日本酒《これ》の方でしてね」

ゴトウ「じゃあ、合成だけど二級酒がありますよ（カトウ受け取りグイ飲み）」

ムトウ「でも何だね、こうやってささやかに二十一世紀の元日を祝ってるわれわれ公務員が居るってことさえ、お偉方《えらがた》は関心ねえだろうよなあ」

サトウ「連中は大宴会場でドンチャン騒ぎですからね」

ポンチョ「（両手を出す）柿ピーナッツ頂戴《ちょうだい》」

イトウ「こらポンチョ、お前さっきからもう二袋も食ってるんだぞ。この柿ピーだってわれわれが自前でコンビニエンス・ストアから買ってきたんだ。（と言いつつポンチョのてのひらに柿ピーをザラザラと与える。ピンチョとポンチョ、争うようにそれを食べる。この二人のクローンは見かけはイノリそっくりであるが、すこし容貌《ようぼう》が中性的で、いたずらっぽい妖精のような性格がにじみでている）だいたいだぞ、お前らは柿の種ばかり食って、ピーナッツはしゃぶっただけではきだして袋に戻してるだろう。ぜい沢な奴《やつ》だ。お前らのしゃぶりかすの塩気のないピーナッツをこっちは食ってるんだ。コンピューターで調べたら柿の種とピーナッツの割合は、1対20コンマ3739 3粒だ。去年までは1対18コンマ7749粒だったから、それだけ柿の種の容量が減ってるんだぞ」

ポンチョ、夢中になって食っていて聞いていない。

サトウ「ほんとですか、先輩」

ムトウ「そりゃあ大搾取《さくしゅ》だよ！」

ゴトウ「（カトウに）酢コンブもありますよ。（ポンチョに）お前ら酢コンブの方も食えよ」

ポンチョ、いやいやをする。

イトウ、いきなり立って正面下手《しもて》の背景を手一杯にひろげて紹介しつつ、

イトウ「これだけがその種ピーつくってる食品メーカーの出資施設で（上手《かみて》で再び手をひろげ）こっちこれだけが醸造メーカーの施設、そして……」

ムトウ「（さらに立って、猿田のデスクと正面奥の粗末なデスク群を手一杯に示し）こっからこっちがおれ達のめしの種である厚生省生命開発局の持ち物なんだからね」

ゴトウ「つつましいよねえ」

エトウ「つつましいですなあ」
ピンチョ「柿ピー頂戴《ちょうだい》」
カトウ「私なんかもう来年の賞与もローンに前借りしてるんですよ」
サトウ「お宅の家ですか」
カトウ「とんでもない、家なんか日本国内に持てるもんですか。ふるさとローンで、首都圏からここまで通う地下鉄代ですよ、交通費」
サトウ「じゃあ、バス代」
カトウ「例の十五年前のふるさと創成論でね、全国の交通が値上がりしたでしょう」
イトウ「こらポンチョ、もう柿ピーはおしまいだ。酢コンブを食え、セルローズが多いぞ」
ムトウ「(しょげきったカトウをなぐさめるように合成酒をつぎつつ)

カトウさん、旅立ってく山之辺マサトに何か歌でも贈ってやって下さいよ」
エトウ「そう、カトウさんのカラオケのノドは轟《とどろ》いてるからね」
ゴトウ「(立ちあがって)第三セクターの宇宙飛行士、われらが山之辺マサトに乾杯」
一同「乾杯!」
ポンチョ、腹立ちまぎれに柿ピーの袋の中のものを所員達の頭にバラまいて逃げる。
イトウ「こらッ!」
ムトウ「じゃ、前座に私からいくか(代わりに立ちあがり)、ビートルズでいこう。(一同ヤンヤ)カラオケだからリズムぐらいいれてくれよなあ」
エトウ「ビートルズって?(とサトウに訊《き》く)」

サトウ「なんでも五十年前にはやったヒット歌手だそうですよ」
ムトウ「どうも合いの手がねえと歌いだせねえんだよ」
ゴトウ「リズムってどんな」
ムトウ「知らんの。ワルツだよ。ズン・チャッチャ　ズンチャッチャ
（一拍目に手を打つ）」
カトウ「ちょっと伺いますが、ビートルズってのはワルツでしたっけ」
ムトウ「あんたそんな事をいい年して訊くもんじゃありませんよ。ビートルズはワルツ、ギャートルズは園山俊二《そのやましゅんじ》と昔からきまっていたもんです」
サトウ「じゃいきましょう。セーノ、（一同拍《う》つ）ズン・チャッチャ
ズンチャッチャ」
ムトウ「（首をかしげ、歌おうとして制する）もっとこう、応援歌風なんだよな。セーノ、ズン・チャッチャ」

一同「ズン・チャッチャ」
ムトウ「お…て…も…や………ん《ズン・チャッチャ》　あんたこのごろ《ズン・チャッチャズン・チャッ》　嫁入りしたで《チャズン・チャッ》
は《チャ》　ないかいな《ズン・チャッチャ》
ズン・チャッチャ　嫁入りした《ズン・チャッチャ》　こたしたバッ《ズン・チャッチャ》　テン《ズン・チャッチャ》
ズンチャッチャ（クドウ絶句）どうも調子が合わねえ」
カトウ「（泣き上戸《じょうご》）昔はよかったねえ」
サトウ「ビートルズはよござんしたねえ」
カトウ「あの頃にはクラシックな名曲がありました」
ゴトウ「ありました、ありました。（しきりにうなずく）須東《すとう》バリ衛門」
イトウ「なんの人、それ？」
ゴトウ「（むきになって）演奏家ですよう、バイオリンの」
イトウ「柿右衛門でしょう？」
サトウ「ドラえもんですよ」

カトウ「(泣き声でも一同をたしなめる) 天下の須東バリ衛門を気安く間違えんで下さい。なにしろあの人のバイオリンときたらスシ業界では世界的な名器だったんです」

ムトウ「スシときちゃたまんねえね」

カトウ「(声をひそめ) ここだけの話ですがね、あの人のバイオリンの板は、今のバイオリンみたいなセラミック製じゃあない。れっきとした本物の杉の皮です」

一同「ふんふん、それで」

カトウ「本物だけによく皮が盗まれたんです、スシ職人に」

一同「ふんふん」

カトウ「スシ屋はそれで最高級品のにぎりズシの仕切りの皮を作ったものです」

ゴトウ「(舌なめずりしつつ) つまり、ウニズシとか……」

クドウ「中トロとか……」

カトウ「ああ中トロ……昔はわれわれの口にもはいったものです。そういう高級品が」

サトウ「中トロって何でしたっけ」

カトウ「トロ八丁でとれるんですよ」

イトウ「昔中トロ、今酢コンブか……コンビニエンス・ストアの売り切れの時刻はいつ頃だっけか……（と腰を上げようとする）」

突如、上手《かみて》袖からしぼりだすような猿田博士の悲鳴が聞こえる。

一同じっと下手《しもて》を見、腰を浮かせる。取り乱した猿田が登場、ピンチョ、ポンチョにまとわりつかれている。二人のクローンに運ばれた首のないイノリの遺体。

遺体、上手中央に置かれる。その前に膝《ひざ》を折る猿田。

猿田「おお……イノリ……わしの大事なイノリ……誰が……誰

がこんなむごい仕打ちを……」

一同、猿田の周囲に集まる。

カトウ「先生！　どうなさいました」

猿田「どうもこうもない、今しがた、マサトを見送りに丘へ出ていったイノリがこの有り様じゃあ」

ムトウ「頭をふっとばされている！」

カトウ「これはもう駄目だ。修復のしようがありませんね」

猿田「あたりまえだ。手塩にかけて人間の娘としてのしつけをほどこしたイノリが、もうこういう……ふた目と見られぬ姿に……誰だ！　どこの誰がやった!?　（両手を高くつきだし、そのまま頭を押さえる）　おおお……悪魔の王にも涙があるなら、これを見て泣くがいい。冥界《めいかい》のぬしにも一握りの情けがあるならせめて生命《いのち》だけでももとに戻してくれ！　（カトウ達その嘆き

の大きさになぐさめの言葉もない）イノリはな……イノリは、
……結婚を申し込まれておったのじゃあ……」

カトウ「結婚ですって……誰とですか！」

猿田「それが、こともあろうに（天窓を指し）今夜飛びたつ山之辺マサトにじゃ！」

一同「（顔を見合わす。あまりにもだしぬけな告白に呆然《ぼうぜん》）山之辺マサト！」

カトウ「あの……ハレルヤへ行く……」

サトウ「アストロノウツにですか？」

猿田「そうじゃ。三時間程前、マサトめがこっそりわしの部屋へ来て結婚の許しを乞《こ》うていきよった……」

サトウ「先生、それは事実ですか」

猿田「（どなりつける）今更わしがでたらめなど言うか！」

ゴトウ「し、しかしイノリはクローン人間です」
ムトウ「人間と結ばれることなど……」
イトウ「不可能です」
カトウ「彼女は赤ちゃんを産むことも、子孫をふやすことも……」
猿田「（どなる）それがどうしたというんじゃ！（涙声で静かに）確かに、クローンには生殖能力はない……わしも反対した……だが、マサトの愛は……本物じゃった。あの男は本気でイノリを愛してくれておることを知った。もし彼を無下《むげ》に追いだしたとしても、彼はおそらくイノリと一緒に逃げるか、……それとも死ぬ気だったかもしれん。こんな大きな愛が二人に芽生えていたとは知らなんだ。
わしはイノリを呼んで、そっちの方も確かめた。イノリのは純粋の初恋じゃった。わしは、二人にな、この愛は恵まれぬということをよう言い含めて、結婚を許したのじゃ」

——間——

猿田「二人は嬉々《きき》として丘の方へ手をつないで行きおった」
カトウ「そうとは存じませんでした……」
猿田（M）（イノリの体から離れ、両手を祈るように組みつつ歌う）
わしには大きな野心があった
バイオテクノロジーの力を使って
人と同じ生理　人と同じ理性
人と同じ感情を持つ
この世でただ一つの宝
それはイノリ！

わしは祈った
わしは力を尽くした
そして……つくった
ただ一つの宝
それはイノリ！
おお　イノリは世にもかぐわしく
光り輝く五体は天使と見まがい
妙《たえ》なる声に万物は耳を傾ける
それは世にまたとなき宝
わしには大きな野望があった……

カトウ「先生は、数限りないクローン生物をつくられました」
サトウ「だけど究極の目的は」
ムトウ「イノリだったのですね」

猿田「わしゃな、このみにくい顔、みっともない姿でもわしに向かって『おじいちゃま』と呼び、キスをしてくれる孫娘を望んどったんじゃ……愚かしいことだ。今となっては恥ずべきエゴイズムだ」

ピンチョ「おじいちゃま」

ポンチョ「猿田のおじいちゃま」

サトウ「ここに二人、先生をおじいさまと呼ぶクローンが残っているじゃありませんか」

猿田「ピンチョとポンチョか？　この二人はイノリとはけた外れに知能の低いまがい人間に過ぎん！　そりゃ、確かに純粋かもしれん。だが、イノリのように人を愛したり、恋をするような感情が二人にあるとでも思うのかね？　……とても無理というものじゃ。この二人は出来損ないじゃった……」

カトウ「でも先生、たとえばピンチョをもう一度改造してみたらいかがです」

エトウ「そうですとも！　ここにイノリの肉体があるじゃありませんか！　イノリが失ったのは首から上だけ……では、もしピンチョの頭をイノリの肉体と結合させてみたらどうでしょう？　駄目でもともとかもしれません。しかし、わが研究所の全能力を注ぎ込んで新しいクローン人間を誕生させることが、もしできたら、先生、先生、これはすばらしい開発ですよ。そして、その新しく生まれたクローン人間に人間の英知を教え込むのです！　……さいわいにも……ピンチョでなく、イノリとして再生できたらいかがです⁉」

つかれたように次第に熱を込めて、客席に向かって語り続けるエトウに、他の一同もうなずいたり、「確かにそうだ」「やってみる価値はある」などと興奮してくる。それを猿田はどなりつけて制止する。

猿田「何を世迷言《よまいごと》言うとるのか！　そう簡単に、わしの生涯の夢のイノリができて堪《たま》るものか。それより、わしは、マサトに、この不幸な出来事を何とか教えてやらにゃあならん！　そして……今一度……わしの目の黒いうちに……もう一度やり直しするほかないわ」

カトウ「ご意見ですが、このピンチョの改造は是非私共にお任せ願いたいと思います」

ムトウ「（猿田に一礼）お願いします！（他の所員も口々に懇願する）」

ピンチョ・ポンチョ「（わけもわからずに懇願する）お、願いしまアす」

一同、やにわにピンチョを捕まえる。ピンチョ、もがいてぬけだそうとする。一同はピンチョを無理やり下手《しもて》袖へ引きずり込む。

大騒ぎ。ポンチョと二人のクローンに向かってカトウが命令する。

カトウ「イノリを運んでわれわれについてこい」

猿田「(大声で叫ぶ)よさんかーッ」

カトウ「先生、レベルP3にてお待ちしています(退場)」

猿田「な、何たる身勝手な振る舞いじゃ! そういう独善的な実験はわしは許さんぞ。可能性など(と下手へ追おうとし、ハッと天窓を凝視)」

上手天窓に茫洋《ぼうよう》たる赤い光の球が現れ次第に膨れあがり、天窓の外のガラスに付着する。

室内が赤く染まる。猿田は驚きで立ちつくす。

室内真っ赤になる。何か異様な生物が室内を覗《のぞ》いているのだ。

エコーでいっぱいに声が響き渡る。

火の鳥「猿田よ……。猿田よ……」

猿田「わしの名を呼ぶのは誰だ」

火の鳥「猿田よ……。猿田よ……」

猿田、両手で耳を覆い、机の方へつっぷす。しかしエコーは消えない。

猿田「どこから聞こえてくるのだ……わしの心の中か？　わしの心に呼びかけるお前は誰だ！」

火の鳥「愚かしく、おぞましい人間のなれの果てよ。お前はとりかえしのつかない罪を犯しました。お前は罰を受けねばならぬ。そのあがなう罪は無限に大きく重い。それをお前は受けねばならぬ」

猿田「お、お前はなんだ……人間の言葉が話せるのか？　お前はもっともらしいことを言う。それなら答えてくれ。この地球はどうなるんだ。助かるのか滅びるのか。それをまずわしは知りたいのだ！」

火の鳥「お前に告げましょう。この星はもう死にます。そしてお前はこの死んだ星の、永遠の囚人《めしうど》となるのです。この宇宙の終焉《しゅうえん》の日まで、永久に……」

猿田「(肺腑《はいふ》をえぐったように絶叫する)うそだーッ!!」

——暗転——

第六場　カーテン前

A. スペース・シャーク発射台前

暗闇にサーチライト、スポットなどがとびかう。各国語のカウントダウンが重複してせわしなく響く。その他、セコンドの音、サイレン、信号音などが交錯する。

同時にステージにスモッグが流れ、発射の間近であることを思わせる。

声「点火まであと三十秒……二十九……二十八……二十七……二十六」

歓声。下手《しもて》からマサト、イノリの姿をした実はピンチョの手をひっぱって、上手《かみて》へかけ抜け退場。

大歓声。

声「十……九……八……七……六……五……四……三……二……一……○」

大音響。噴射音。スペース・シャークが発射されるSE。

B．総理官邸内廊下

上手より官房長官登場。まわりを五、六名の新聞記者がとりまいてソロソロ出てくる。これらの人物の服装は決して洗練されたものではなく、どちらかというと野暮《やぼ》ったく泥臭い。どこでも見かける中級サラリーマンに、一か所、場違いなアクセサリー（例えば鳥の羽とかシルクハット）が加わり、チグハグな世紀末的なアンバランス。中でさすがにうわべは泰然自若《たいぜんじじゃく》たる内閣官房長官。

記者A「われわれはそこが知りたいのです！」

官房長官「私だって知りたいよ」

記者B「なぜ発射ギリギリになってから宇宙飛行士が女をロケットへ連れ込んだのか」

記者C「正式な政府発表はないんすか」

記者D「(山のように束ねたマイクをつきつけながら) 国民は、いや全世界の人間はそれじゃ納得できません。正式に政府見解を出して下さい」

官房長官「（歩きつつ）ない！」
記者Ａ「たとえばですね、あの女性は乗り遅れたもう一人のパイロットだったとか」
記者Ｂ「こっそり選ばれたわれわれの仲間の代表の通信員だったとか……」
記者Ｃ「一説によりますと彼女は」
記者Ｄ「パイロットの婚約者だという噂《うわさ》も流れとります」
記者Ｅ「あの宇宙旅行が実はハネ・ムーンだったという噂まで……」
記者Ｆ「もっと悪い噂は、これはマフィア方面から流れた情報ですが」
記者Ａ「女が実は人間ではなくダッチワイフだったという……」
官房長官「いい加減にしたまえ！」
記者Ｂ「われわれには知る権利があります！」
記者Ｄ「そうです。このまま政府が公式発表をしませんと、もっと悪いデマが流れますよ」

官房長官「閣議のあと正式見解をだす！」

記者A「(歌う) もしかして――」

記者B「(歌う) もしかして――」

記者E「もしかして――」

記者達(M) (コミカルなかけ合いソングで)

私達は待ってます

納得できる発表を

ゾクゾクするような見解を！

アッと驚く見解を！

どんでん返しの真相を！

わくわくするようないきさつを！

ショッキングそのものの情報を！

官房長官（M）「ノー・コメント！」

記者達（M）

知る権利！

発表する義務！

パワフルなゴシップ！

それとも一大スキャンダル！

マイク・タイソンか

ベン・ジョンソンか

結婚でもいい

ハネ・ムーンも結構！

月にも寄るんでしょう？

月に一泊！

これがほんとのハネ・ムーン！

官房長官（M）「ノー・コメント（と言いつつカーテンの裏へ退場）」
記者A（M）「いつでもこれじゃ欲求不満」
記者B（M）「記者はみんな欲求不満」
記者C（M）「やっぱりおれたちゃテント村」
記者D（M）「つめたい弁当でも」
記者E・F（M）「食べようぜ」

カーテン溶暗　開く

第七場　ロック邸居間（第三場と同）

突然、大地震の地鳴りのSE。
大きな物が落下して割れる音SE。

ゴーッ、グラグラというSE反復する。

ガラス割れる音SE。

溶明。まず半分崩れた壁からはるか都心の高層ビル、宇宙空港ビルなどが赤く燃えさかり、倒壊しているのが見えてくる。

つづいて、ロック邸内のシャンデリアが落ち、階下の居間に散乱し、壁の破片や額縁などがそこここにころがっている。地震のあとの無残な光景が現れる。

階上からまわり階段にてロックがハンドライトを照らしながら登場。玄関先（下手《しもて》）からガードマン達かけこんでくる。

ロック「外の様子はどうだ。こんな大きな地震は初めてだ！」

ガードマンA「外はひどい有り様です」

ガードマンB「大騒ぎで避難しています！」

ロック「震源地はわからんのか!?」

ガードマンB「房総半島の先のあたりだそうです」
ガードマンA「マグニチュード七・六と言っておりました！」
ロック「何ということだ……二〇〇一年の元日の夜だというのに！」
ガードマンA「長官、パニックが起きるかもしれません、今日は外へお出にならぬ方が安全です（一旦《いったん》、玄関から下手へ消える）」
ロック「誰が出るものか！」
ガードマンA「（再び登場）長官、大変です。総理大臣がお見えになりました！」
ロック「何だって？」
総理大臣、官房長官をひきつれて下手よりそそくさと登場。小男だが威厳があり、悲しげな顔をしている。つづいて、記者が二人、官房長官にまつわりついて登場。あとぞろぞろと刑事や機動隊達が武装して現れる。

ロック、思わず階下へおりる。
ロック「総理！」
総理「ああ、間久部《まくべ》長官、今の地震はすさまじかったねえ」
ロック「総理！　な、なぜこちらへ……」
総理「昼間言っておいたではないか。各国の大使館から君に勲章が三つ四つ届いとるのを、手渡そうと思うて来たのだ」
その少し前、階上の別室から麗奈が現れ、階下を覗《のぞ》きつつ立ち聞きしている。
総理「ところが来る途中でこの有り様だ。長官、スペース・シャークは大丈夫なのかね」
ロック「その点なら、もうとっくに発射して出発したあとですから大丈夫です。宇宙飛行に差しつかえありません」
官房長官「宇宙までゆれるというおそれはないのかね」

ロック「（苦笑しつつ）ありません、絶対に」
総理「もし、スペース・シャークに万一の事態が起きたらえらいことになるとも考えざるを得ん」
官房長官「そう、一大事になる。閣僚の首が全員飛ぶぐらいのことじゃすまんぞ」
総理「これは世界中の物笑い、いや我が国にとって世界的な責任問題となるとも言える可能性が……」
ロック「そんな事態はあり得ません」
総理「保証することを保証するかね」
ロック「絶対保証します」
官房長官「われわれの首はつながるかね？」
ロック「ご安心下さい」
総理「それならいいのじゃが……」

隊長「（登場）今、緊急ニュースがはいりました。クローン人達が大量に脱走しました」
ロック「脱走したって？」
全員「（口々に）クローン人が？」
記者A「どっからです」
隊長「房総半島の猿田バイオ研究所からです。研究所のＰ４レベルの扉がこわれたのです。そこから脱出したクローン達が、今都心に向かっていると報告がありました」
記者B「都心にですか？」
総理「これは大変という事態に立ちいたったと申し上げぬ余地はないのである。（総理は興奮するごとに、次第にわかりにくい言いまわしになっていく）すぐにでも官邸に戻りぬるをいろはにほへと」

ロック「連中を早く捕まえて下さい！」
隊長「奴等《やつら》はどこで手に入れたのか、武装しています。危険です」
官房長官「どっから武器を買ったのでしょう」
ロック「どこだっていい。これは異常事態だ。研究所の猿田博士はいったい何を見逃しているんだ。この責任はとらせてやるぞ！」
記者A「おれ千葉だから帰れないなあ」
総理「か、官邸へすぐ帰るんじゃ。今ならまだ間に合う可能性は少なくともないとは言えんまでもどこまでも」
隊長「総理、それはおやめ下さい。もう奴等は都心に乗り込んでいます。すぐ戒厳令《かいげんれい》を発動、お願いいたします」
総理「官房長官、か、官邸を、いや、戒厳令を発令したまえ」
官房長官「はい。(電話機をとる)通じません。もしもし、もしもーし」
ロック「皆さん。この部屋は危険です。奥の方へどうぞ」

突然けたたましく麗奈が笑いだす。一同、ギョッとその方を見る。

ロック「麗奈！」

麗奈「皆さん、総理大臣さま、官房長官さま、そして機動隊の方々、ようこそ」

ロック「部屋へはいっているんだ！　心配することはない」

麗奈「あら貴方《あなた》、そうかしら。ちゃんとお顔に書いてありますわ、いっぱいに。不安と、恐怖って字が」

ロック「何を言うんだ。君の意見など誰も聞いてない。それより皆さんに部屋を……」

麗奈「これで、スペース・シャークの晴れの旅立ちもさんざんね」

ロック「(大声で) 黙れ！」

麗奈「皆さんの、もくろみは、もう、心配で心配で、はちきれそう」

ロック「黙れというんだ、麗奈」

麗奈「これがトラブルのはじまり。これで、クローン人が宇宙空港でも占拠《せんきょ》して、ぶちこわしでもしたら、帰ってくるスペース・シャークはどうなるのかしら」

総理「そうじゃ。クローン人が宇宙空港をもし占拠したら帰る制御装置が狂ってしまう」

ロック「女が政治の中に口を挟《はさ》むんじゃない！」

麗奈「欲ぼけした、お互いにごっそりお金を手に入れようとしたもくろみは、あえなく潰《つぶ》れてしまうってことですわ。オホホ、オホホ、こうなるのを、おもしろく拝見しようと待っていた人達も大勢いますのよ。みなさんがあたふたとなさる滑稽《こっけい》なお姿を見たくって」

記者A「こりゃ特ダネだ！」

記者B「いそいで社会部へ……」

隊長「全員外へ出るな！　ただ今から護衛のため、われわれは皆さんを軟禁し、配備につきます！」

どっと機動隊がなだれ込んできて、窓やこわれた壁にはりついて外へ向けて自動小銃を構える。都心の火の手、いっそうはげしくなる。

総理「そんなにクローンは近づいとるのか」

隊長「は、永田町界わいにすでに道路を走りまわって、自動小銃をぶっぱなしているのを見た者があるそうです」

ロック「相手は何人位だ？」

隊長「わかりませんが二百人位とも、千人ほどだという情報があります」

総理「官房長官、どうしたらええんじゃ。わしゃもう総理大臣を辞めたくなった。これがひと騒ぎ終わったら、内閣を解散するぞ、わしは……そうだ総選挙じゃ」

突然、撃ちあいが始まる。下手《しもて》奥より、クローン人達の喚声《かんせい》。それに向けて機動隊達、次々に発砲する。

これも全くだしぬけに、上手《かみて》から、泥だらけになった猿田がかけこんでき、階下中央で大きく息をしながらロック達をにらみつける。

猿田「長官、あんたにうらみを言いにきた」

ロック「猿田博士じゃないか。なぜ今頃こんな所へ来た。さっさとクローンの所へ行って、彼等に攻撃を中止するように説得したまえ！　だいたい、君の責任なんだぞ！」

猿田「(その言葉を無視して) ロック長官、よくぞわしを裏切ってくれたな……」

ロック「何を血迷っているんだ」

猿田「(うなるように)なぜ……なぜわしの大事なイノリを殺した?」
ロック「何だって?」
猿田「貴様、わしが手塩にかけたイノリを……イノリを……殺し屋に殺させたな。嘘《うそ》だとは言わさんぞ」
ロック「何だって? そんなことは知らん」
猿田「貴様は陰険な人殺しだ」
ロック「知らん!」
猿田「人でなしの悪魔め……」
ロック「何だか知らんが人違いもいいところだ。隊長、こいつを逮捕しろ」
猿田「(とっさに機動隊の一人から銃をひったくり、一同に向ける)みんなそこから動くな……! 動けば発砲するぞ」
ロック「やめろ。そんな馬鹿な真似《まね》は」

猿田「イノリは……マサトと結婚するはずじゃった。それが二人のただ一つの幸福だったのだ。それをロック、貴様がだいなしにした。しかも殺し屋までやとうとは……何という恐ろしい奴《やつ》だ！」

ロック「（はっと思い当たって、ゆっくり麗奈の方を向く）麗奈……ま……さ……か……」

麗奈「（階上で目のやり場に困り）何のことですの貴方《あなた》？」

ロック「君か、イノリとかいう娘を殺したのは？」

麗奈「………」

ロック「はっきり答えろ。君が殺し屋をやとったのか？」

麗奈「………」

ロック「なぜそんな勝手なことをした？」

麗奈「………」

ロック「そうか、やっぱり君の仕業だったのか！　そんなに、マサトの結婚相手が憎かったのか？　だが殺しまでするなんて……なんという可哀相なことをしたんだ！」

麗奈「可哀相《かわいそう》？　この世の中でいちばん可哀相なのは誰かしら。だいいち、貴方にそんなことを訊く権利があって？」

ロック「とりかえしのつかんことをしたな。マサトは……かりにも……おれの弟なんだぞ……」

麗奈「そうよ。そして私は昔、マサトと愛しあった娘だったのよ！」

猿田「あんたか犯人は！」

麗奈「私……私……貴方《あなた》に、愛して貰《もら》ったことなんかなかった……（泣き声で）昔、マサトが愛してくれていたように、貴方は、一度だって私を愛してはくれなかった……」

猿田「人殺しめ！」

猿田は銃を構えて、階段をかけ上がって麗奈を襲おうとする。ロックは思わず隊長からピストルをうばい、二発猿田を撃つ。一発は確かに猿田に当たり、彼は階上に倒れる。が、二発目は運悪く麗奈に当たり、彼女は階段をころげ落ちて、動かなくなる。胸に血。

ロック「麗奈！　しまった！」

麗奈「あ……な……た……」

ロック「麗奈ーッ」

その時、玄関からクローン達が乱入。機動隊とのはげしい撃ちあい。

その中で麗奈を抱えたロック、階段の下にうずくまる。

はげしい音楽の高まりの中、幕。

太陽の石

●登場人物

火出見《ほでみ》　六十歳　足長族の首長
差羅沙《さらしゃ》　二十三歳　首長の長女
倶志那陀《くしなだ》　十九歳　首長の次女

阿多波《あたば》　二十六歳　手長族の若者
伊曾《いそ》　二十五歳　阿多波の親友
雨降《うぶり》　四十五歳　庄原《しょうばら》市の旧家の主人
佐伯《さえき》　六十七歳　帝釈峡《たいしゃくきょう》の木樵《きこり》
石村記者
私

●葦嶽山《あしたけやま》

けもの道としかいいようのない尾根伝い、笹やいばらに積った雪をかきわけて進む一行、ここは出雲の南、比婆《ひば》は庄原市のはずれに位置する葦嶽山の山腹である。

山頂は一面の霧、突如として風吹き来り、またたくまに青空がひろがる。霊気のようなものに打たれ、一行はぞっとなる。

一行は、葦嶽山を越えて隣接する鬼叫山《ききょうざん》を登り切る。

ドルメンや鏡岩、石柱の数々――これが、謎の巨石遺構として一部の好事家《こうずか》に知られている奇勝である。

ほとんど学術的には無視され、自然の節理ではないかとさえ言われているこの巨石達は、人工的な匂いを残したまま人に知られず埋もれ、朽ち果てようとしている。

いったい、誰が、いつごろ、なんのために作った遺跡なのであろうか？

●月貞寺

住職平松氏はこの遺跡についての資料蒐集家《しゅうしゅうか》であり、一行を迎えて、葦嶽山の歴史といきさつについて詳しく語る。

●庄原《しょうばら》市公民館（夜）

町はずれの公民館、すでに日が暮れて人通りもない。山おろしの音がしきりの公民館の事務室。

何十と数える古墳群の一つ、雨降《うぶり》古墳のあたりの地所の持主、雨降氏が取材班や私に古事来歴《こじらいれき》を語っている。

雨降家は旧家で、その先祖はとおく弥生時代にさかのぼり、近在の蘇羅比古《そらひこ》神社の祭礼の祭司を勤めたこともあり、家宝として古文書も所蔵するという。それを見せて貰《もら》うのが彼と会った目的。

「——私の先祖の、さらにその祖先は、出雲の海岸へ大陸から渡来した異国の種族だったそうです。

それが南下してこの地方を訪れた時、ここに住む先住民族を平定して吉備《きび》地方へ勢力を拡げた。ここに吉備という地名さえ残っています。

彼等は文明を持ち、すぐれた種族だった。背が高くノーブルな顔立ちで、どちらかというと中近東の民族の血がまじった大陸人だったようです。彼等は足長人と呼ばれていた。なぜ日本へ渡って来たのか、そのわけはわかりません。とにかく漂着ではなく、なにか目的があったのかも知れません。リーダーに従えられ、組織を持っていたようですな」

●海をわたる足長人のくり船

波をけたてて、たくさんの船が渡ってくる。リーダーの命令する声、漕手《こぎて》のかけ声、浜へついてときの声をあげ、内陸へ向って歩き出す。

●公民館（夜）

夜あらしの音。雨降《うぶり》氏の話は続く。

「足長人に対して、この地方にもともと居た連中は、ずんぐりとして不格好で、手長人と呼ばれた。原始的な狩猟民族だったようです。

いっぽう足長人は、彼等のすぐれた武器である〝火矢〟や、いろいろな呪術《じゅじゅつ》やら魔法、それになによりも農耕法を知っていたということが決定的な力の差でした。

手長人は追いやられ、あの帝釈峡《たいしゃくきょう》あたりに逃げこんで住んでいたようです。

これはおよそ一万年ほど昔です。この古文書は、うちが代々書き写し、書き写して伝えて来たもので、そのあたりのいきさつが書かれているらしいのですが、なにぶん、いわゆる神代文字《じんだいもじ》などよりずっと古い文字でして判読が出来ません。

ただ、『建国十二年、鬼神《きじん》は叫び地霊は怒りて死者四囲に充《み》つ。悲悼の声天に谺《こだま》す』という部分は、古来から訳されて傍書してあります。

鬼神や地霊がなにを意味するのかはわかりませんが、足長人は巫女《みこ》の使ったまじないで政治を行っていたようです。手前の山は御神山と申しますし、あの蘇羅比古《そらひこ》神社も、彦火火出見之命《ひこほほでみのみこと》を祀《まつ》り、日照《ひで》りの年には『こきりこう踊り』と称して盛大な祈りの行事が行われておったようですな」

そこへ、だしぬけに異様な老人がはいってくる。雨降《うぶり》氏は、なぜか怖れるようにおしだまる。

老人は、その古文書を読んで聞かせようと申し出る。取材班は老人の奇妙な威圧感におされて、ろくに老人の素性もきかず、彼に古文書を手渡す。

老人は読み始める——

●帝釈峡《たいしゃくきょう》・手長族の穴居《けっきょ》集落

阿多波《あたば》は、手長人の若者の中でも、美貌《びぼう》でりりしく、力も強く、娘たちに評判の男だった。彼は同族の者たちと、毎日足長人の労働に駆り出され、へとへとになるまで工事に従事した。

「貴様たちは、夜が明けそめる時に工事場に集まれ！　力ある者は石運び、ひ弱き者は山肌を掘り崩すのだ！　なまけ、隠れ逃れる者には重罪を与える！」

しかし、阿多波は自分たちを差別し圧迫する足長人に対し、憎しみは持っていても、それを態度には表さなかった。むしろ、彼等をもっと知り、彼等の文明を吸収することによって手長人の未来に備えたいという望みを持ち、いたずらな争いは好まなかった。

それに反し、彼の親友の伊曾《いそ》は、血の気の多い反抗的な気性の若者だった。

「阿多波、なぜおれたちに力を貸さぬ？　おれたちが力を合わせれば、足長人など一気に蹴散らし、報復をとげることができるのだ」

「伊曾《いそ》、おまえはやつらの力を知らぬ。あの〝火矢〟という武器、あるいは、さまざまな妖術の力には、おれたちは抵抗できん。それより時期を待ち、やつらの力を吸い取ることが先だ」

「おまえはそういう消極的な所が欠点だ。おれは明日から、みんなに作業放棄させる戦術に出る。やつらの思いのままにおれたちが動かぬことを思い知らせてやる」

「待て、そんなことをしたら足長人共の追及がうるさいぞ」

「阿多波《あたば》、おまえはやつらがのさばり歩いているあの豊かな平地を、とり返したくはないのか？　いつまでもこんな暗い谷底にとじこめられたままでいいと考えているのか？」

たしかに、阿多波は幼い頃駆け廻った広い沃野《よくや》が懐しかった。せめて子孫達には、みじめで、くじけた心を伝えたくはなかった。彼が所謂《いわゆる》行動派に徹するには、あまりに情勢を深く読みすぎていたのである。

●火出見《ほでみ》の館

「おとうさま、なぜすぐにも東の国へ兵をおすすめにならぬのです。東にてはゆたかな土地、数多い鳥獣が手に入ることを、土地の長《おさ》の言葉でご存じの筈《はず》——もし、おとうさまがお望みならばわたしがかわって東へ参ります」

と力説するのは、足長人の首長の姉娘差羅沙《さらしゃ》である。彼女はたけだけしく男まさりで、つねに前進せねば気のすまぬ性格であり、さらに傲慢《ごうまん》で気位が高かった。

しかし火出見はさとした。

「娘よ、わしたちの祖先たちが、西の果から長い旅をして来たのは、東海の島に神を祀《まつ》り仕えることを目的としたものだ。そしてこの地に至り、神示を得て都を築いた。なによりも、早く祭壇を築き、収穫をうらなうことが大事、さもなければ一族は衰えてしまうだろう。わしはここを動く気はない」

「いつからそのように弱気におなりになったのですか。倶志那陀《くしなだ》によけいなお告げの言葉などをおとうさまに語らぬように申しましょう」

「倶志那陀は神につかえる身じゃ。あれにさとしてはならぬ。わしたちは、すべて、神のおぼしめしを待たねばならぬ身じゃ」

差羅沙《さらしゃ》は、不承不承父の許を去った。妹の倶志那陀は、姉に似ずやさしく、情深く、物静かでしとやかな女性であった。巫女《みこ》だった母親は、舟の中で死ぬまで、彼女に自分の知識のすべてを教えこんだ。呪《じゅ》術《じゅつ》、医術、そして農耕、天文の知識も。倶志那陀は今やシャーマンとして地位はゆるぎなく、だれもが彼女のお告げに従った。差羅沙も従うほかなかったのである。

「でも、妹は妹、いかに巫女とはいえ、肉親としては私が権力が上」と思っている差羅沙は、なにかにつけて倶志那陀には冷たく対した。

●葦嶽山《あしたけやま》

巨石を平地からひっぱり上げて山頂に祭壇を組み立てる——これは機械力のない当時としては大変な大工事である。もう足かけ三年も葦嶽山の工事はつづいていた。工事は遅々として進まなかった。

「それは倶志那陀の気の弱さから人夫たちを甘やかしたため」とみた差羅沙は自ら工事場へのりこんだ。

その日はとくに人手が尠《すく》なかった。伊曾《いそ》が、仲間と謀《はか》って作業放棄に出たためである。山肌にほうり出された巨石は、てこでも動かない。数人の人夫にまじって、阿多波《あたば》が懸命に動かそうとしているのを、差羅沙が目にとめた。二人が睨《にら》み合ったとき、差羅沙には奇妙な感情が生まれた。それが心にまといつき、彼女はむやみに腹を立てた。

「おまえが、この反抗の張本人であろう」

と、彼女はヒステリックに叫び、阿多波《あたば》を捕えさせた。

●牢獄

「もし、おまえが首謀者でなければ、まことの首謀者を知っておる筈《はず》、自白すれば解放して進ぜる」

阿多波はむっつりと無言である。彼女は癇癪《かんしゃく》をおこし、

「この者を痛めつけ、吐かせよ」

はげしい拷問がくり返され、阿多波は血だらけになり呻《うめ》きもだえたが、親友伊曾《いそ》の名はついに口に出さなかった。

●帝釈峡《たいしゃくきょう》

「阿多波が捕えられ、拷問を受けている」

と報告が伊曾にもたらされた。

伊曾は顔を曇らせ、

「計画をしゃべったのか」

「まだのようだ」

伊曾は、親友の危難に長い間おし黙っていたが、きっぱりと、

「ほうっておけ。死なば、死なせるがいい。もし、彼がしゃべれば、こちらは谷の入口で討手を迎え撃つだけだ。阿多波には気の毒だが、彼一人を救うために、暴挙に出るほど、おれもおろかではないぞ」

と冷たく言い切った。

●牢獄

阿多波《あたば》は血まみれ、傷だらけになりながらもまだ生きていた。彼はなぜか殺されなかった。

彼に食物を与え、傷口をなおすために倶志那陀《くしなだ》が遣わされた。倶志那陀は、母ゆずりの医法で薬草の汁を傷口につけ、土偶《どぐう》に祈って傷をいやそうとした。

彼女は、しだいに足しげく阿多波を訪れるようになった。

「なぜわたしを助けるのです」

「神のおつげだから」

「わたしは、あなたがたとは異った種族の男です」

「でも、おまえはほかの人夫たちとは違います。なぜかわからないけれど、ちがった人間に見えます。これも、おまえの運命かもしれない」

そう言いつつ、倶志那陀は、たかぶる感情を抑えることができなかった。彼女は、巫女である身分も何もかも捨てて、阿多波の胸の中へ身を埋めたいような衝動にかられるのだった。

●公民館（夜）

夜が更け、山おろしの音は絶えている。

老人の解読に耳をかたむけながら、私は、ふと一昨年訪れたイースター島の伝説を思い出していた。

一千年ほど昔、イースター島には、長耳族という赤毛の種族が住んでいた。あとから漂着して住みついた短耳族という別種族に、彼らは強い差別感情を持っていた。

長耳族は、短耳族を巨石像製作と運搬という過酷な労働に駆り立てた。短耳族たちは、長い年月の圧迫ののち、ついに反抗して、巨石像をうち倒し、作業を中止した。両者の間で争闘が始まり、短耳族は一人残らず殺されたということである……。

私は、イースター島の伝説と古文書の話の奇妙な暗合に、いささか驚いた。そして、他の国々の歴史に残るエピソードにも、多少ともこういった民族間、種族間のエゴと差別の確執やトラブルが絶えまがなかったことに気がつき、いささか無常感におそわれるのだった。所詮《しょせん》、文明とは、このようなおろかな歴史の中で消滅と興隆を際限なくくり返す泡のようなものなのだろうか。

首長の火出見は、阿多波《あたば》との婚姻を願い出た倶志那陀《くしなだ》に、目を丸くして驚いた。信じられぬことだった。

「神のもとに仕えるおまえが、けだもの同然の野蛮人の男とちぎりを結ぶというのか！」

「あの男が好きなのです」

倶志那陀は、せい一ぱい、それだけをつぶやいた。

父は娘をなじり、強くいさめた。

もちろん、それまでにも足長人と手長人との間に婚姻がないわけではなかった。だが、首長の娘で、一族の祭祀《さいし》を司る地位の女ともなれば話は別である。

しかし、老いた火出見《ほでみ》には、別の思惑もあった。彼が亡きあと、差《さ》羅沙《らしゃ》が女の身で手長族の反抗を押さえ切れるであろうか。手長族の血が足長族といりまじることで、この地方に永い平和がもたらされる可能性はないだろうか。すくなくとも彼をこの大工事の長《おさ》に据《す》えることによって、手長族の労働を容易にすることは可能ではないのか。

そして大義名分として、倶志那陀《くしなだ》に神示がおりたことにすればよい。

火出見は、すっかり傷の癒《い》えた阿多波《あたば》を呼び出して、観察した。

「倶志那陀を愛《め》で、ちぎりを結ぶには証《あか》しが要る。われら一族の神をあがめるか」

「はい」

——阿多波は、すでに親友伊曾《いそ》が自分を見捨て、死を望んでいることを聞き知っていた。この上、なんの理由で帝釈峡《たいしゃくきょう》へ帰る必要があろう。

「では神を祀《まつ》る祭壇の工事を、そちがすすめ、指揮をとることを誓うか」

「一族の神に誓います」

倶志那陀と阿多波は、工事の完成と共に契りを結ぶことに決まった。

喜びに目を見交す二人を、外でじっと覗《うかが》っているのは差羅沙であった。

●帝釈峡

帝釈峡の入口で、阿多波は伊曾にあった。

「おまえは火出見の娘と結ばれるそうだな。どうりで村に戻らぬ筈《はず》だ。たいした的を射とめたものよ」

伊曾《いそ》は皮肉たっぷりに言った。

「それについて、おまえの協力がほしい。おれは工事監督になった。祭壇造築は予定通り進めなければならぬのだ。作業拒否の作戦を中止してほしい」

「監督昇進とは、えらく出世したな。阿多波《あたば》もついに足長の飼犬になり下ったか」

「おれがそれなりの地位につけば、いつかきっと手長人も権利を回復して、大手をふってあの平地へ出て行ける日が来る。そのための、おれは橋渡しをしたいのだ」

「おまえに免じて人手は送ってやろう。だが、おれはおれのやり方で行く。おまえとも剣をまじえることがあるかも知れん。それだけは覚えておけよ」

●葦嶽山《あしたけやま》

工事は、阿多波のリードで急ピッチで進められた。

倶志那陀《くしなだ》は、ここに祭壇とともに四季の農耕の時を告げる暦の装置を据える計画であった。春分、秋分の日には太陽は真東から出る。その朝日を受けて、反射させる、表面を鏡状にみがいた岩板が必要だった。これを対面の山肌に反射させ、その光の当るところに岩板を据える。つまり、この岩板の中央に光が当たれば春分——種を蒔《ま》く季節の始まりである。

そして、それから割り出して方位を示す石を、各山頂に据えて周囲の地理を調べる基にすることも計画のうちであった。さらに、山の中腹には、自分たちの一族が長い旅をして来たはるか西の果——そこには、おなじく巨大な神殿が造築されているという——に向けて、巨大な神の従僕の像を刻み、建てることも忘れなかった。

しかし、思わぬ事故が度重なっておこり、何十人も人夫が死んだ。その最大のアクシデントは、火出見《ほでみ》がたまたま山腹の運搬道を検分していたときに起こった。

地震であった。

さほど激しいゆれではなかったのに、巨石をひっぱり上げていた何十人もの人夫が、恐れで一斉に綱の手をはなした。石は猛烈な勢いで山腹をすべりおち、火出見をはねとばした。即死であった。

火出見の遺骸《いがい》は、おごそかに埋められ、同時に六十人の人夫の首も斬られて埋められた。

地震を鬼神の怒りと見た人々は、その山を鬼叫山《ききょうざん》と名づけた。当然、神明の怒りを鎮《しず》めるために、倶志那陀《くしなだ》が祈り、生贄《いけにえ》を捧げなければならなかった。工事監督の責任は問われずじまいで、この後始末は終った。勿論《もちろん》阿多波《あたば》が倶志那陀の婿だったからである。

●遠征

父の死後、差羅沙《さらしゃ》はたちまち自らの野望を実行に移した。

「東へ兵を進める。東国にこそ、わが一族の安住の地が約束されよう」

「でもねえさま、この土地をはなれることは、おとうさまのご遺志に反します。お墓もあることですし」

「弱虫。ではわたしだけが行こう。そのかわり阿多波を兵の長《おさ》にして同行させるがよいか」

「それは……」

「あの男はおまえに近づきすぎる。すくなくとも巫女《みこ》としてのおまえは穢《けが》れた性に弄《もてあそ》ばれてはならぬ。たとえ契《ちぎ》りを結ぶ男といえども、当分は引き離さねば、信望も次第にうすらぐおそれがある」

差羅沙《さらしゃ》は冷たく言い捨て、容赦なく阿多波《あたば》を拘束した。

めぼしい若者はほとんど兵に編入され、阿多波を隊長として、差羅沙に率いられて出発して行った。

一行は、吉備《きび》の国へはいった。月の夜、はるか西のかたを望んで、思いにふける阿多波に、差羅沙のギラギラした目が光っている。

●帝釈川《たいしゃくがわ》のほとり

東征群が出発したあと、足長人の都はすっかり手薄になった。これを、手長人が見逃す訳がなかった。伊曾《いそ》はたちまち反乱の火の手をあげた。

帝釈峡から、手に手にえものを持ってとび出して行く手長人達。殆《ほとん》どが婦女子の足長人達は手も足もでない。

火出見《ほでみ》の館も焼き払われ、工事場の足場は切り崩され、次々になぶり殺しにあって行く。

工事場から、倶志那陀《くしなだ》が捕えられて来た。伊曾は彼女を見ると、陰険に笑った。

●野営地

吉備《きび》国へ傷ついた伝令がたどりついた。

都は殆《ほとん》ど全滅、倶志那陀《くしなだ》も行方不明と報告した。兵たちの動揺と悲嘆は大きかった。

だが差羅沙《さらしゃ》だけは、思いのほか冷静だった。

「あの地にもう未練はない」

彼女は言い放った。

「手長人どもの世話はもうたくさん。わたしたちの新しい都は、東に築くのだ。東には大きな入江、豊かな盆地、充分な水や食物があるという。みんな、未練をすてて未来をみつめるがいい」

だれかが叫んだ。

「隊長の姿が見えません」

「なんですって！」

「こっそり軍を脱けて戻られたようです」

それを聞くと、差羅沙は、はげしくとりみだした。

●帝釈峡《たいしゃくきょう》

なぶられている倶志那陀。その目はうつろである。

せせら笑って、からかう伊曾《いそ》。

阿多波《あたば》が駆けつけてくる。

「その人を放せ！」

「足長人の飼犬か、戻って来ても無駄だ。おまえの主人たちは皆殺しだ。この女もそうなる。引き渡すことはできぬ」

「報いがあるぞ！　その人は神の僕《しもべ》だ」

「こいつらの神の呪《のろ》いとやらを見たいものだ」

「腕にかけても奪うぞ！」

「そいつを待っていた。来い！」

伊曾《いそ》と阿多波《あたば》は、たがいに武器をとって闘い、ついに、組み討ちとなった。

長い対決の末、伊曾は死に、阿多波も重傷を負った。

しかし、阿多波は気を失った倶志那陀《くしなだ》を抱き上げ、帝釈峡《たいしゃくきょう》を去った。

●葦嶽山《あしたけやま》

とりみだした差羅沙《さらしゃ》に率いられて兵達が戻って来た。

肉親のむくろが横たわる都の跡に、兵達の悲嘆の叫びがいつまでも続いた。

差羅沙は阿多波の行方を血眼になって求めた。傷ついた阿多波が、葦嶽山のほうへ向ったと聞いた差羅沙は、ほっと胸をなでおろして、山へ駆け登って行く。


山頂の祭壇の前では、重傷に息もたえだえの阿多波が横たわり、倶志那陀が必死で介抱している。

彼女は、精魂こめて秘薬をつくっていた。彼女の医術の力だけが、彼を死から救うことができるのだ。

彼女は薬草のひとつを探しに山腹へおりて行った。


息をついて登って来た差羅沙は、ばったり倶志那陀と出遇《であ》い、発作的に殺意がめばえた。

それは女同士の敵意だった。次の瞬間、ひとことも言わずに彼女は倶志那陀《くしなだ》を刺し殺した。

山頂へたどりついた差羅沙《さらしゃ》は、瀕死《ひんし》の阿多波《あたば》を見つけ、つくりかけの薬草の壷を見て、すべてを察した。彼女は、とりかえしのつかぬ過《あやま》ちにわれを忘れ、泣きながら阿多波をかきいだいた。

しかし、彼女にはどんな権力を以てしても彼の死をとめることはできないのだ。

彼女は、阿多波を抱きしめながら、いつまでも嗚咽《おえつ》していた。

兵達が山頂へ登りつこうとしたとき、再び山が鳴動し、地震がおきた。

おもだったドルメンや祭壇の部分は、地割れとともに、もろくも崩れ落ちた。樹々は倒れて転げ落ち、何十人も兵が死んだ。

帝釈峡《たいしゃくきょう》に山津波がおき、多数の溺死者《できしし》が出たのと同時だった。

巫女《みこ》と首長とを失った足長一族はちりぢりとなり、差羅沙と倶志那陀の二人の遺体はついに見つからなかった。

ただ、阿多波だけは山頂に放置されているのを、人々がおろして、山麓にほかの犠牲者と共に葬った。

それが雨降《うぶり》古墳だという。

●公民館

長い解読のあと、老人は、名も告げずにふいと出て行ってしまい、夜の闇の中へ消える。

「あのとしよりは、いま話に出た帝釈峡の奥に住んでいる変り者でしてな。庄原《しょうばら》の者ではないし、ほとんど誰も交際《つきあ》っては居りません」

「彼が解読したというのは、彼は古代文字の研究でもしているのですか」

「四十年近く前、酒井勝軍という民間学者が葦嶽山《あしたけやま》の古代文字を解いたそうで、わたしの生まれる直前でしたが、あのとしよりがそれに関係していたとも思えんです。まあ、口から出まかせのたわごとですよ。読める筈《はず》がない」

こう言いつつ雨降《うぶり》氏はトイレへ立つ。取材班の石村記者は、やがて夜気を吸いに外へ出る。驚きの声。

「あのじいさんが死んでいるぞ！」

私が外へとび出して見ると、すぐ入口の前の暗がりに、顔面をたたき割られ、血だらけになって老人が倒れている。

私が慌《あわ》てて事務所にあった電話番号から駐在所へ急を知らせている所へ、雨降氏がトイレから戻って来た。

「死体はそのままにしておこう。たった今の犯行だ」

と石村記者。

狼狽《ろうばい》と気まずい沈黙、山おろしの音だけが劇《はげ》しい。

私は、雨降氏をじっと見つめた。彼は脂汗《あぶらあせ》を流し、落ち着かない。

駐在さんが自転車でやって来た。

「こりゃ佐伯《さえき》のじいさんじゃないか！」

「佐伯という名ですか」

「佐伯平蔵ちゅうて、うちのじいさんがずいぶんつきおうていた人だ。身代限《しんだいかぎ》りになって、倅《せがれ》もなく、あの谷の奥で暮しとったんだ。救いのない一生だったのう。だが、だれにうらまれる筈もない人が」

「すると、怨恨《えんこん》の殺人じゃないのですか」

「うらみこそすれ、うらまれる立場なんかねえよ。たしかに変人だったが、まがったことはしとらんで」

「しかし、現に殺されているんです」

「ほんとに殺されたかどうかわかんね。明日、本署から本格的な調べが来るまでうかつに噂を広めてはいけんよ」

「だいいち、この人はこの公民館へ突然現われ、いきなり古文書の解読を始めたのです。そして筋書ができているように殺されたとなると、こりゃ偶然の連続とは思えませんな。絶対に裏がある筈《はず》だ」

石村記者が断言する。

「つまり、誰かに指示されたか、招かれてここへ来たってわけですか？それなら、もしかしたら、ここへ来て急に古文書を読み出した訳も説明がつきそうだ。つまり、それも筋書きの中だったのです。古文書を読むことが、じいさんをさそい出すエサだったのじゃないですか」

「想像をまじえた勝手な推測はやめてもらいましょ」

駐在がたしなめた。

雨降《うぶり》氏の狼狽《ろうばい》と焦燥ぶりはみぐるしいほど……。

●東京郊外秩父橋立附近

それから一カ月後。

私は石村記者と、ここ奥秩父橋立の古代人の岩陰遺跡を訪れている。古代には驚くべきことにこの附近まで東京湾の海岸線が入りこんでいた。従って、この山奥からも貝塚などが発見されているのである。

雨降氏が佐伯老人を殺した容疑は、ほぼクロと断定し得る所に来ていた。根拠は怨恨《えんこん》関係である。つまり、雨降氏は戦後、佐伯氏の所有していた地所を抵当にとり、そのまま横領していた。ことに中国縦貫道路の建設の前後に、雨降《うぶり》氏の行なった土地ころがしは実にあくどいものであった。しかし、庄原《しょうばら》市きっての旧家である雨降氏の行動には、誰一人苦情をいうことができなかった……それほど、彼の家柄は強大な権威だったのである。

佐伯《さえき》老人が戦後、軍に没収されていた土地を返却されたとき、雨降氏はわずかな生計費を肩替わりするかわりに、佐伯氏の土地ぐるみ、家財一切を担保にとっていたのである。

従って佐伯老人は、雨降氏を生涯の仇《かたき》として心から憎んでいたという。雨降氏は、老人を怖れ、ひたすら彼を避けようとつとめた。一切を法廷にさらけ出されることをひどく怖れたのだ。その揚句の発作的な抹殺である。

「雨降氏は広大な地所を持つ名士、そして佐伯老人は、土地を奪われて谷の奥に追いやられた被害者……この図式は、ホラ、手長人と足長人の宿命的な関係に、いかにも似ていませんか。おもしろいですねえ」

と石村記者は言う。

「だけど、トイレに行くふりをして、帰りがけの老人を叩《たた》き殺すなんて、あまりに子供じみた幼稚な犯罪じゃないか。それに、いろいろつじつまのあわぬ点がある。雨降氏の衣服に血痕《けっこん》がまるでないことや、時間的にもどうも無理がある……第一彼は頑として無罪を主張しているでしょう」

「でも、ほかに老人を殺す動機を持っている者は一人もいないのですよ。衣服の血は、またトイレへ戻れば着替えられるし、あの公民館のトイレは、建物の裏へすぐ出られるのですよ」

「老人が外へ出る。それを見てトイレから老人の所へ行くとしたら、かなり時間がかかるはずですよ。しかし老人は戸口近くで倒れていた。しかも、死体をひきずった形跡はない」

「彼が老人を戸口へ連れ戻したのでは？」

「なぜそんなことをわざわざする必要があったんです？」

「じゃああなたは、老人を殺したのは誰だと思っているんですか」

●同じく山腹

山笹をかきわける音。

突然、広場へ出る。そこは発掘途中の古代人の埋葬遺跡だった。重なるように数千年前の人骨群がそこに眠っている。あの帝釈峡《たいしゃくきょう》の遺跡から出た人骨も一万年ほど昔のものだ。

「なぜ、あなたは、こんな遺跡なんかに興味を持ち出したのですか？」

と石村記者。

「そうですね、どんな太古の原始的な人類でも、結局われわれと同類なのだということを確認したいためかな」

「ほう」

「つまりね、ある時期――そう、ぼくたちが子どもだった頃、ある時代から昔は人間は居なかったのです。

つまり、神代《かみよ》だったわけ。そして神さまばかりの国で、神さまがのんだり食ったり踊ったりしていたとぼくらは教え込まれたのです。勿論《もちろん》、その頃には例のヤマタイ国伝説や魏志倭人伝《ぎしわじんでん》など習やしない。でも子どもも心にも大へん不合理な歴史だと思いましたよ。ところが奇妙なもんですね、いまだにぼくの心の奥底に、神代というもうろうとした世界のイメージが消えないのですよ。子ども時代の印象ってのは、しつこいものですね。

あの葦嶽山《あしたけやま》の巨石文明だって、マスコミに発表されて評判になったあと、ブッツリと噂が消えてしまった。つまり、当時、軍や御用学者にとって、そのような神代以前の人類文明なんてもってのほかのタワケだったのですね。ことに古代文字の解読なんかはね。

いまでも、そういう日本人のルーツの研究や発見を拒否する人達がいるでしょう。日本は、あくまでも神国だって……」

「成程、ご自分の心の中から神代という強烈な概念を追い出したい。それでつとめて遺跡や貝塚から古代人のリアリティを見つけ出そうというわけですか」

「そういえば佐伯《さえき》老人も、戦時中、軍部にいっさいの資料を押さえられたそうですね。それが戦後開放されたとき、どんな貴重なものが揃っていたかわかりませんね。

老人はその一部を雨降《うぶり》氏に横領されたが、あるものは老人がどこかに隠匿《いんとく》して秘密にしていたのでしょう。

あれからいろいろ調べたんですが、佐伯氏は一部の学会ではその戦前の古代史研究で名を知られていた学者だったそうじゃありませんか。そして、要注意人物の槍玉《やりだま》に上っていたわけでしょう。もし、彼が日本民族のルーツについて、重大な資料を握っていたとしたら、彼はある種のグループにとって危険な存在なわけです。そんなものを発表されては一大事なわけですから」

「まさかあなたは、老人がそんなことのために、口をふさぐために殺されたのだと思っておられるのではないでしょう？」

「そういう可能性もあるということですよ。むしろ、個人的な怨恨《えんこん》で殺される場合よりその可能性のほうが大でしょうね」

「では、彼をわざわざ公民館へ呼び出したのは、そういうグループだったというのですか」

「いえ、個人ですよ。それも多分、はじめは殺意はなかったと思いますよ。あの老人の解読がきっかけで、危険だと察した相手は口を封じたのです。そして、雨降《うぶり》氏に罪をなすりつけたのです」

「しかしどうやって殺した……」

「たぶんあらかじめ穴に石を入れておき、老人を撲殺してまた穴へかくし、土をかぶせたのです。あの公民館の近くの荒地を探せば多分石が発見されるはずです。それだけの余裕があったのです。一分あればね。そして『老人が死んでいる！』と叫べばよかった」

「……」

「あんたの経歴を調べさせて貰《もら》いましたよ。あんたが殺したんでしょう」

石村記者は、無言のまま長い間私の顔を見つめ「単なる想像だ」と言った。

「いいや、あんたしかいない」

石村は、また長い間沈黙した。

「訴えますか」

「さあ、そこまではまだ考えていません」

私は、石村が私に襲いかかって、谷底へつき落とそうとしているのに気がついた。恐怖の数分が過ぎ、石村はくすくすと笑った。

「私はバカじゃない。何一つ証拠はないんです。あなたが頭の中でデッチ上げた推理だ」

そして、二人は何事もなかったかのように峠をおりて行った。

◉おことわり

自筆原稿の明らかに誤記と思われる箇所および難読箇所を（　）で示し修正しました。

◉初出一覧

ハレー伝説Ⅰ／ハレー伝説Ⅱ———1985年12月16日、オリジナル・アニメ・ビデオ（OAV）として「ラブ・ポジション　ハレー伝説」というタイトルでパック・イン・ビデオより発売。
火の鳥———1989年2月8日～2月28日、渋谷区の全労災ホールスペース・ゼロにて上演。
太陽の石———1980年3月24日、ＮＨＫワイドスペシャルとしてＮＨＫ第一ラジオで放送。

手塚治虫　てづか・おさむ

1928年11月3日大阪府豊中市生まれ。5歳より兵庫県宝塚市にて過ごす。大阪大学医学専門部卒。1946年「マアチャンの日記帳」でマンガ家としてデビュー。翌年発表した「新宝島」等のストーリーマンガにより戦後マンガ界に新生面を拓く。著書『手塚治虫漫画全集』全400巻他。1962年「ある街角の物語」でアニメーション作家としてデビュー。翌年放送開始した国産初のテレビアニメ「鉄腕アトム」によりテレビアニメブームを巻き起こす。実験アニメーションの分野でも海外で受賞多数。1989年2月9日没。

樹立社大活字の〈杜〉
手塚治虫　SF・小説の玉手箱1

ハレー伝説

二〇一一年五月二十日　初版第一刷発行

著　者　手塚治虫
発行者　林　茂樹
発行所　株式会社 樹立社
〒225−0002
神奈川県横浜市青葉区美しが丘二−二〇−一七
電話　〇四五−五一一−七一四〇
印刷・製本　株式会社東京印書館
監修者　森　晴路
装丁者　髙林昭太

ISBN978-4-901769-51-8 C0393
セット ISBN978-4-901769-50-1 C0393 ¥12000

大きな活字で読みやすい本
樹立社大活字の〈杜〉

星新一 ショートショート遊園地

星新一・著／江坂遊・編

【全6巻】

四六判／平均224頁／本文20Q／常用漢字使用
揃定価16,380円（揃本体15,600円＋税）〈分売不可〉
セットISBN978-4-901769-42-6 C0393　NDC913

1巻　気まぐれ着地点

「効果」「ネチラタ事件」「雪の女」「門のある家」「白い服の男」「おみそれ社会」「自信」。**特別付録・未刊行作品「地球の文化」**

2巻　おみそれショートショート

「おかしな先祖」「逃亡の部屋」「うすのろ葬礼」「時の渦」「外郭団体」「木の下での修行」「包囲」「見失った表情」。**特別付録・星新一さんのハガキ**

3巻　そううまくいくもんかの事件

「悪人と善良な市民」「雄大な計画」「追い越し」「すばらしい食事」「フィナーレ」「人形」「少年と両親」「救世主」「車内の事件」「どっちにしても」「交代制」。**特別付録・未刊行作品「黒幕」、星新一さんの手紙／ハガキ**

4巻　おかしな遊園地

「狂的体質」「オオカミそのほか」「天使考」「骨」「禁断の命令」「使者」「禁断の実験」「シンデレラ王妃の幸福な人生」「こん」「おれの一座」。**特別付録・エッセイ「バクーにて」、星新一さんのハガキ／手紙**

5巻　たくさんの変光星

「ある声」「町人たち」「程度の問題」「趣味決定業」「指」「第一部第一課長」「いいわけ幸兵衛」「四で割って」「キューピッド」「なるほど」「狐のためいき」「不在の日」。**特別付録・星新一さんのハガキ**

6巻　味わい銀河

「壁の穴」「月の光」「殉教」「悲哀」「薄暗い星で」「危険な年代」「火星航路」。**特別付録・未刊行エッセイ「ショートショートの舞台としての酒場」、星新一さんの手紙**